Nuria Barnes

LA VIDA DESDE EL TEJADO

Primera edición: octubre 2012
© Nuria Navarro Carrillo
ISBN: 978-84-9030-397-9
DEPÓSITO LEGAL: AL 865-2012
IMPRESO EN ESPAÑA – UNIÓN EUROPEA

EQUILIBRIO

A veces, cuando amas o quizá siempre que amas, pierdes el equilibrio, pero el problema no es perderlo en ese instante más o menos eterno, el problema es la sensación de no haberlo conseguido nunca o al revés, no haberlo perdido nunca.

Jimena se sentó en silencio en la cocina de la casa del pueblo, aquel era el decorado de sus veranos de infancia y adolescencia, miraba con nostalgia cada segundo de vida que había entre aquellas paredes y, sin embargo, esbozó una sonrisa, porque aquella mujer a la que amaba y que se marchó para siempre le dejaba el mejor regalo, una larga historia jamás contada, su historia, la del silencio.

Cuando los médicos confirmaron a su madre que el tiempo se le terminaba, decidió irse a casa, a su hogar, y terminar sus días dónde todo empezó. En el instante en que supo con certeza que el final estaba muy cerca, la llamó, y Jimena se tomó un tiempo que hacía mucho debía a las dos. En aquella cocina primero y luego en el cuarto, su madre le abrió su alma y ella descubrió cuán equivocada estuvo.

Aquella mujer a la que nunca se quiso parecer, a la que le echaba en cara una vida anodina y ajada, guardó la última lección para el final.

—Jimena, ¿le echas de menos?

Preguntaba por Juan, el padre de sus hijos. Ella negó con la cabeza y entonces la voz de su madre entró donde nunca antes lo hizo.

—¿Por qué entonces ese luto eterno?

Jimena miró sus vaqueros y el jersey lila. Contempló a su madre, quien con una agotada sonrisa le dijo:

—El luto que llevas desde hace años en el alma.

La observó aún más sorprendida y entonces su madre le pidió silencio sin interrupciones.

—Hija mía, ahora que me marcho ya no me importa dar consejos, y no quiero dejarte, así como estás.

Jimena se miró al espejo y ya no vio su rostro, solo el del miedo y la tristeza que la habitaban, vio a su madre y, halló la paz y la felicidad.

Esa tarde descubrió a la mujer que dormía dentro de la madre que había conocido. Cuando las mujeres no elegían nada, ella tuvo la posibilidad de elegir, o eso creía, y eligió el equilibrio. Su madre, la que siempre creyó anclada a la vida de su padre, conoció la pasión sin límites y eligió el hogar tranquilo; su gran amor pasó por su vida antes que su padre y lo dejó marchar paralizada por el miedo. Él era un bracero de los que recorrían los campos andaluces, ella la hija de un mayoral de los que les dirigían en los campos. Se desearon desde el primer momento en el que el cruzó el umbral de aquella casa para cobrar la primera paga, y antes de despedirse en silencio, vivieron esa pasión por cada uno de los rincones más alejados del pueblo. Sin embargo, cuando llegó el momento de seguirlo, sintió miedo y dejó que otros decidieran por ella, se quedó en el pueblo, con Felipe, un buen partido, decía su padre, ella lo miraba y solo sentía sosiego. Lo aceptó con la resignación de quien se siente atrapado en un tiempo, se casaron, nací yo y ella intentó siempre justificarse en el equilibrio, en el que le daban un marido, una hija, una casa… pero jamás olvidó lo que antes sintió.

Cuando terminó la historia, quiso que supiera que jamás se arrepintió, que a su manera también vivió, mas terminó diciendo:

—Hija mía, ahora que ya se acerca, quiero dejarte más que todo lo material que siempre has tenido. Escucha a mi alma, no se va triste, pero sí decepcionada conmigo, solo deseo que, dentro de muchos años, cuando te llegue este momento, hayas vivido lo suficiente para que únicamente la sonrisa invada la tuya. Construye tu equilibrio, pero no como construí yo el mío, deja que a veces se rompa y te deje sentada en ningún sitio, vuélvelo a construir y a reforzarlo con cada latido, solo entonces podrás estar segura de haber vivido.

Se marchó con una sonrisa, estaba donde siempre quiso estar, en aquellos campos, en aquellas tardes, en aquellas noches… Antes que mi padre, el equilibrio y yo nos asentáramos en su vida.

SOBREVIVIRA TEMPESTADES

Cuando inicias un viaje de placer y la vida debería serlo, quisieras que nunca se terminara; disfrutar de cada rincón, de cada estancia, de cada conversación, de cada minuto, de cada encuentro… sin embargo, en el mayor viaje que realizamos dejamos escapar a menudo algunos momentos irrepetibles, con los años dejamos escapar encuentros maravillosos, con los días sensaciones que volverán, pero ya no serán las mismas y con las horas mensajes que nos manda el corazón y silenciamos absortos por la rutina.

Se conocieron porque así lo quiso la vida o el destino, por aquel entonces ellos no decidían, eran demasiado jóvenes, casi niños, llegaron al mismo pueblo desde la misma ciudad y aunque con años de diferencia esa coincidencia les unió, pero había más, tanto que aún hoy mirando hacia atrás no deja de sorprenderla. Los dos abrazaban el saber como algo natural, les interesaba la política, el arte, la historia, el cine y la literatura, podían hablar de todo durante horas y el tiempo hubiera tenido que ser infinito, aunque a esa edad muchas amistades se rompen, la suya treinta años más tarde sigue.

Compartieron la adolescencia en el mismo colegio, eran camaradas, amigos inseparables; él era más maduro, tranquilo, ingenioso, con un sentido del humor agudo. No obstante, era alocada, complicada, siempre en lucha consigo misma, pura pasión en cada uno de sus gestos y comentarios, pero compartían algo que afianzaba aún más sus lazos, una anarquía ordenada innata, un amor por lo humano que les unía ya en aquel entonces y sin siquiera saberlo, profundamente.

Ella siempre se quiso marchar del pueblo donde vivían y el año antes de la Universidad, lo pasaron en institutos separados, pero decidieron estudiar lo mismo y su amor por la historia les unió de nuevo. Empezaron juntos, compartían amigos, salidas, clases. Él con los años seguía iluminándola con la luz de inteligencia que le entregaba con cada mirada, ella atrapada en un torbellino creado por sí misma, mantenía una guerra con todo su ser que la empujaba siempre a los caminos más tortuosos, a pesar de ello, durante los primeros dos años, compartieron sueños, aficiones, lecturas de poemas, risas, desamores, cine… juntos descubrieron "Blade Runner" y juntos salieron maravillados comentando la obra maestra.

Cuántas veces quiso decirle lo que sentía. Mas lo que tenían era tan mágico que nunca se atrevió por miedo a estropearlo. Sin embargo, eligió el camino más difícil, su anarquía se radicalizó y con ella sus amigos y su aspecto, el negro, el cuero y las chapas con una capa de maquillaje exagerado cubrieron con una máscara el dolor de un alma que ni siquiera ella comprendía.

Cuando el segundo curso terminaba, la angustia se apoderó de ella y las luces se apagaron durante unos minutos, pero cuando volvieron, él estaba allí, juntos siguieron sus caminos y aunque en tercero ella cambió la mañana por la tarde escondiéndose de nuevo, continuaron unidos. Al llegar el verano, ella se fue a Londres a trabajar y él a Grecia, pero el día que recibió su postal invadida por el blanco de las islas griegas, sintió por primera vez que la distancia era incapaz de separarlos.

Siguieron con sus destinos enlazados ajenos a los cambios, ella cambió la especialidad, pero seguían viéndose y el último curso pese a que ella dejó de asistir a clase y se puso a trabajar, compartieron la llegada del nuevo año, prepararon la cena con una copa de vino, brindaron por el futuro, ella le regaló un libro de Groucho Marx y él le regaló un perfume, a su piel le pareció perfecto y veinte años después todavía siguen juntos.

Los días de estudiantes terminaron, ambos siguieron con sus trabajos, pero seguían inseparables. No obstante, en otra huida hacia adelante ella iba a tomar otra decisión, la primera que les separaría durante un largo periodo de tiempo. En un momento o quizá mejor en un estado en el que años más tarde no se reconocería, decidió casarse, todos le dijeron que era una locura, no el que sino el con quien, pero como siempre siguió adelante, revelándose no contra los demás, sino contra ella misma, firmó los papeles de una sinrazón a cambio de un libro de familia, de nuevo quiso huir de algo o quizá solamente refugiarse en una segura monotonía; en ese momento se perdieron, ella lo buscó para que asistiera, pero no lo encontró, con el tiempo se dijo a sí misma que no quiso asistir para ver cómo, de nuevo, era ella misma quien se hería.

Cuatro años más tarde, tras casi dos de divorcio, se encontraron, esta vez en un tren de cercanías, ella volvió a casa y tuvo tiempo de lamerse las heridas, se miraron y sonrieron, el tiempo se detuvo cuatro años y volvieron a hablar, como terminando una conversación inacabada del día anterior, después siguieron otros y un Sant Jordi, se giró después de mirar unos libros y allí estaba él, con una rosa, nunca ese día fue tan hermoso y nunca lo volvió a ser, porque hubo muchas rosas, pero la flor por muy hermosa que sea, en sí no significa nada más que la belleza, todo su significado está detrás del gesto de quien la ofrece; pero a pesar de todo, volvieron a perderse, exceptuando un breve encuentro en la noche de Barcelona y, pocos meses más tarde, ella se volvió a marchar y esta vez la ausencia duraría mucho, demasiado.

Pero el destino es caprichoso o, en este caso, el que tira los dados ha sacado un siete doble y de nuevo se han reencontrado, él sigue como siempre, sencillamente es él, ella sobrevive a otro naufragio, pero ahora ya no es la misma, sigue exprimiendo la vida a cada paso, ya no lucha contra ella ni contra nadie, vive como siempre con pasión, pero vive y, esta vez, acompañados con una botella de vino blanco se han conjurado para no dejar que la vida de nuevo les separe y aunque están lejos, están cerca, porque los dos saben del otro lo suficiente y cuando la magia toca a dos seres con la barita, es imposible romper esa fuerza, quizá como en este caso, a veces se suelte o sufra magulladuras y rasguños, pero como en todas las situaciones de la vida en que el amor de una u otra forma se manifiesta, sobrevivir a tempestades es fácil, solo es necesario acogerlo, abrazarlo, no tener miedo y no dejar jamás que se escape.

EMMA Y LA MANZANA

Era su reunión de los jueves, cada semana se tomaban un tiempo para cenar juntas, se reían de sus cosas y, como siempre, terminaban hablando de hombres, más que de los suyos, también de los ajenos. Una vez al mes, después de la cena, tocaba copa y baile, era su manera de permanecer juntas, de escapar de ese tiempo que te engulle hasta que un día que tienes cinco minutos libres te miras al espejo y él te dice que ha pasado inexorablemente.

Esa noche la charla giraba en torno a viejas historias, Emma, como la caja de Pandora, siempre tenía un viento para hacer volar los corazones de sus amigas y esta vez traería una versión nueva de Adán y Eva; su sonrisa picarona la delataba antes que sus palabras y cuando las demás la veían sonreír así, casi se frotaban las manos, Emma captó toda su atención, y en ese momento como los ancianos de las tribus indias, con todas las miradas puestas en ella expectantes ante una nueva historia, empezó.

—¿Sabéis cuál es un momento maravilloso de la vida? Que después de una noche de amor, te despierten con un beso y te traigan una manzana, pelada, cortada a trocitos y te la den para desayunar.

La tensión esperando más de aquel instante en el tiempo seguía aumentando, Emma era una gran narradora, como decía Lucía, a veces parecía la reencarnación de aquellos contadores de historias que en el medievo recorrían las plazas de ciudades y aldeas cantando gestas de los caballeros e historias de amor.

Era un mes de octubre, lo suyo empezó a principios de septiembre, aunque desde bastantes meses antes por circunstancias compartieron mucho tiempo, muchos momentos y lo seguían haciendo, pero no fue hasta septiembre en que decidieron romper las cadenas y lanzarse de cabeza a un laberinto de sensaciones, aventuras y deseo que los dos sabían perfectamente que no llevaría a ninguna otra parte que a disfrutar al máximo de esos momentos en que iban a estar juntos.

Compartían una relación casi laboral, asistían a reuniones juntos y durante los meses previos, antes de decidir lanzarse a ese mundo oculto a miradas ajenas, ya les era difícil disimular como cada vez que estaban cerca, que eran muchas, las chispas entre sus pieles casi podían quemar a quien se acercara. Un año intenso de trabajo les envolvió antes de llegar al final del verano, pero los objetivos se consiguieron y como el pirata que saltaba a la isla por su botella de ron después de un gran botín, ellos saltaron de lleno a un montón de momentos prohibidos que hacían su relación todavía más especial.

En ese momento, Emma interrumpió la historia, se levantó, fue a la barra y pidió una copa, es que le encantaba aumentar la expectación de su público y, claro, la imaginación necesitaba sus momentos para seguir creando. Cuando volvió a la mesa, Rosana la miraba con la misma cara de odio amigo con que lo hacía cada vez que interrumpía una narración con cualquier excusa. Y como no, luego repitió su: «¿Por dónde decís que iba?». Y entonces Rosana como casi cada jueves, le lanzó algo de lo que había sobre la mesa, las dos sonrieron y Emma continuó.

Su primera noche fue después de una reunión de amigos improvisada en casa de ella, cenaron, charlaron, bebieron y las carcajadas se apoderaron del salón comentando las anécdotas del último año; pero cuando la madrugada después de asomar, decidió invadir el espacio y el tiempo, los amigos, uno a uno se fueron marchando, parecía que un mensajero invisible les hubiera soplado al oído que demasiadas veces más de dos son multitud, y por fin se quedaron solos, con el sonido de la puerta cerrándose empezaron los primeros besos, esos que se entregan sin palabras porque hace mucho que está todo dicho.

Casi amanecieron juntos y por la mañana tenían un viaje a otra ciudad, sabían que se reencontrarían en pocas horas, mas en esas otras horas el mundo solo sería testigo de cómo un grupo de amigos decidían pasar el día juntos.

Planear sus encuentros casi les llevaba más tiempo del que podían disfrutar de ellos, cuando por el espacio que les rodeaba transitaban testigos no deseados de su particular mundo de placeres ocultos, una mirada, una palabra o un roce casi siempre intencionado, les daba tanto, que amagarlo en lo trivial cada vez resultaba más difícil.

Rosana no podía más, quería llegar a la manzana, pero Emma estaba dispuesta a prolongar su incertidumbre aquella noche y cuando sus miradas se cruzaban, sonreía burlona y Rosana le devolvía la sonrisa en un gesto de desespero, como el lector que atrapado en una historia debe resistir infinidad de veces la tentación de no lanzarse a por los últimos renglones antes de la palabra fin.

Preparaban reuniones a menudo, era su mejor excusa, la tapadera perfecta, ella no tenía coche y alguien debía llevarla a casa, y el voluntario siempre era el mismo, vivían relativamente cerca. Sus amigos parecían no sospechar y si lo hacían, que en algunos casos era más que probable, decidieron ser testigos mudos de aquella relación soterrada que no sorprendía a nadie. Y tras cada reunión llegaba la celebración de las ideas, de los pactos, de los acuerdos, de los proyectos. Sin embargo, era una fiesta privada para dos seres que se escondían de las luces disfrutando de la oscuridad, cubiertos por su manto y abrigados a momentos donde el calor del deseo casi podía iluminar la noche cerrada.

Y una mañana, tras una noche eterna en abrazos, caricias y gestos buscando el placer en el cuerpo del otro, sintió dos besos en sus ojos, los abrió y allí estaba él, sonriendo, traía café, unos maravillosos orbes cómplices con ella, con la vida y una manzana, a trocitos, en un plato blanco, la pinchaba con el tenedor y se la iba dando mientras los dos sonreían a una vida que les concedía momentos como ese. Tomaron café, se despidieron, tendrían que pedir al hacedor que les prestara más momentos y permanecer esclavos a su generosidad imaginándolos.

Rosana sonreía satisfecha, Emma preparaba el final y la voz de Raquel casi en un quiebro musitó:

—¿Acaba bien? Porque si no mejor prefiero casi no saberlo.

Raquel era la romántica del grupo, siempre pedía historias con final feliz. Sin embargo, a Emma le encantaba el desgarro, el dolor del amor, el final suspendido, y ese día le contesto:

—Sí, pero no, si quieres saber si fueron felices, lo fueron, pero si quieres saber más, terminaré la historia.

Raquel asintió en un gesto y Emma prosiguió.

Pero el hacedor no quiso ser nunca más generoso hasta aquel extremo, les dejó verse, disfrutar de fugaces encuentros. No obstante, nunca más pudieron amanecer juntos, en medio hubo un viaje, un rumor que tuvieron que alejar y algunas de esas curvas cerradas que la vida esculpe sin demasiado esfuerzo para que tú las sortees o las sigas como puedas. La última vez que estuvieron juntos, los dos eran conscientes que era el momento del adiós, y su certeza era tan abrumadora que él durante la fiesta de despedida ni siquiera dudo en buscar debajo de su falda los últimos instantes de contacto con aquella piel que echaría de menos el resto de sus días, aquel fue su último instante de calor fugaz.

Volvieron a verse esporádicamente, su viaje en común se bifurcó y ya no compartían vagón, sus railes seguían caminos distintos, coincidieron en alguna parada, pero no había tiempo más que para compartir palabras y algunas chocolatinas, finalmente las estaciones dejaron de coincidir, las vías se fueron separando y cada uno prosiguió su viaje guardando en una pequeña maleta todos los recuerdos de aquel tiempo.

—Raquel, sí, fueron felices, cada uno a su manera, en mundos separados, pero la felicidad no es un estado o, si prefieres, es un estado en el que no se permanece, es tan solo un instante o una cadena de instantes que van saltando y soltando eslabones, lo bueno que tiene es que puedes regresar a ella, solo tienes que concederte unos momentos y volver a ese eslabón, a ese instante de felicidad que es la felicidad misma.

La noche terminó en baile, rieron, bailaron y disfrutaron de los instantes que aquel jueves noche otra vez les regaló, cuando compartían su momento, poco importaban los madrugones del día siguiente, las horas de ese viernes laborable que se iban a hacer eternas delante del ordenador y los deseos de silenciar a los hijos cada vez que emitiera unos de esos gritos con un timbre agudo que gracias al cielo borra la edad; la amistad, la risa, la felicidad fue suya durante esas horas y había que dejar a la rutina su parte en el escenario.

LA MANTIS

Fue consciente de su poder un poco tarde y quizá por eso ahora estaba al final de ese espiral de fagocitosis compulsiva, absorbía todo lo necesario en su viaje de locura para dejar abandonado lo "inservible".

Todo empezó al cruzar los 20, hasta ese momento sus relaciones no la dejaron marcada, pero entonces llegó Rafa, sus ojos negros la engancharon desde el primer momento, se amaron y le amó sin reservarse nada, se fue y la soledad la dejó aletargada, en ese punto cercano a la muerte del alma, cuando el mundo sigue girando, sin pausa, impulsado por una energía colectiva de la que el herido de desamor carece, pero esta vez, el paréntesis en esa vida se estableció acotándolo todo, cerrando todas las puertas y ventanas e impidiendo que un ápice de luz llegara a su alma.

Tiempo más tarde, enajenada por una avalancha de sentimientos oscuros, recompuso las piezas, pero no podía ser la misma, el dolor del abandono había roto algo irrecuperable: la esperanza, ya no creía en ella, ni siquiera pensó en buscarla; en ese momento solo quería alimentase y como la solitaria mantis, empezó a buscar pareja en un afán más destructor que reproductor que iba a acabar devorándola a ella misma.

Construyó desde cero su nueva fachada, aprendió a conocer por primera vez sus virtudes, que eran muchas, una mirada enorme de misterio, una sonrisa limpia y seductora, unas manos que la acompañaban al hablar envolviendo al adversario con sus gestos. Se estudió, se ensayó y cuando estuvo preparada, buscó con cuidado el vestuario y dio a cada rasgo de su rostro el tono necesario para empezar el ataque.

Cuando terminó, se miró al espejo y sonrió, pero esa sonrisa no se parecía a ninguna de las sonrisas practicadas, esa tenía desgarro y la mirada no era de misterio, era despiadada.

Sabía dónde ir, trazó cada parte de su plan con minuciosidad a la par que reconstruyó cada una de las piezas de su nuevo yo, nacido del desamor más profundo y del propio abandono.

Tomó un taxi y se dirigió al lugar de moda, bajó y con paso decidido se dirigió al portero, se miraron y clavado en su mirada, él le abrió el paso. Fue directa hacia la barra, pidió una copa y fingiendo esperar a alguien que nunca estuvo en camino, empezó a buscar a su presa, no sería difícil, había muchas merecedoras de su castigo y pronto eligió al primer sacrificado. Lo tuvo claro en cuanto lo vio, tenía los ojos negros y una sonrisa familiar, desplegó sus encantos y paseó sus gracias a las que el elegido se rindió sin oponer ninguna resistencia. Se acercó a ella, regaló a su oído algunas de esas palabras que se lanzan en los albores del festival de apareamiento, ella sonrió, le dedico una larga mirada y se alejó dejando con perfección extendida su trampa. Jugó con él hasta tenerlo de rodillas, entonces fue fácil entrar en su casa y cuando ya estuvo instalada, le hizo creer que lo amaba, cada vez que sus cuerpos se juntaban, ella le pedía más, el más le daba y cuando lo dejaba exhausto, sin el mágico elixir, lo miraba sin un ápice de ternura. Él la miraba implorando una caricia que nunca llegaba, ella sonreía con desdén y veía como preso en su deseo le entregaba cada día un poco más de su alma. Él la adoró, la colmó de regalos, de besos, de palabras y ella lo guardó todo en una caja y cuando estuvo llena, le abandonó sin decir nada.

Se tomó un tiempo de descanso y saboreó su triunfo, él intentó buscarla, pero demasiado tarde se dio cuenta que no sabía nada, ni un nombre certero, ni un teléfono, ni una casa. Él lo fue todo y ella más allá de su cuerpo, nada.

Dos meses más tarde, la mantis se reinventó y volvió a salir de caza, una vez tras otra repitió el ritual, saboreo al amante, absorbió todos sus jugos y después moribundo lo abandonó a su suerte, repitiendo una y otra vez el momento de aquel abandono que ahogó su alma; cuando la víctima aún no era consciente de lo sucedido, ella guardaba otra caja.

Lo tuvo todo en cuenta, todo menos el tiempo, inaplazable, destructor de fachadas y de trampas. Un día mientras se maquillaba, el espejo le mostró que cualquier expresión era casi una mueca y que en su ansia de venganza consumió cualquier esperanza, su rostro profundamente marcado por un rictus de dolor ya no podía maquillarse, aquella sonrisa mil veces ensayada ya no era más que la sonrisa amarga del payaso tras una función de butacas vacías. De un torpe manotazo intentó borrar el carmín de sus labios. entre risas amargas y sollozos, sucumbió a la madrugada.

La mañana la encontró tirada en el suelo del baño, se incorporó helada, se miró de nuevo en el espejo y estaba sola, destruida, agotada, igual que el día en que se marchó Rafa, la única diferencia eran las docenas de cajas de dolor que se escondían en su armario y que no sirvieron para nada.

SONRISA

Los niños jugaban, corrían, gritaban y el sonido ensordecedor entraba por las ventanas abiertas a un calor desmesurado que se apoderó de los últimos días de mayo. Esa algarabía la transportaba a menudo a ese rincón de su patio particular, cuando las tizas manchaban la ropa y los juegos poco o nada tenían que ver con la televisión. Los niños jugaban al futbol y las niñas pasaban de los juegos inocentes a los peligrosos juegos de los cuchicheos. Su patio estaba rodeado de campo, de montaña, de su infancia y adolescencia rodeadas de dudas, de búsquedas, de miedos, pero también de risas, lágrimas y carcajadas.

Pasaron demasiados años, mirar atrás le daba miedo. Sin embargo, mirar hacia delante aún la aterrorizaba más, nunca dejó atrás las pesadillas nocturnas, pero últimamente se apoderaron también de sus días. ¿Que había hecho con el tiempo?, ¿había vivido alguno de sus sueños?, ¿qué haría al mes siguiente con el pago de la hipoteca?, ¿había amado lo suficiente?, ¿dónde encontraría la tela para el disfraz?, ¿la habían amado? Si venían sus primos a comer el domingo, ¿qué podía hacer que no fuera complicado?, ¿y si se equivocaba y no había vivido?, ¿cómo iba a llegar a tiempo si todavía tenía que recoger el traje de la tintorería?, ¿y si estaba desperdiciando su vida?

No sabía si eran los porqués o aquel calor sofocante que lo invadía todo asfixiando a la primavera, pero la cabeza le daba vueltas, una invasión de manchas negras nublaba su vista, sintió que el mundo que segundos antes analizaba se le escapaba de las manos y un ruido brusco y seco precedió al silencio.

Algo desplomándose sobre su cabeza asustó a Antonia que dormitaba ante el televisor mientras en la cocina el fuego terminaba el puchero, en qué estaría pensando, con el calor que hacía… y ese ruido, qué se habría caído en casa de Lola, qué raro, a esas horas nunca estaba en casa, subiría a ver. Llamó al timbre, pero solo respondía el silencio, la llamó: «¡Lola! ¡Lola!». Quizá si miraba por debajo de la puerta, si llegaba un vecino y la veía allí arrodillada, diría lo del golpe. Dejó caer los quilos de más cogidos a base de crisis, pan y pucheros, miró, la luz del salón de Lola dibujaba su sombra tendida en suelo.

El peso se esfumó bajando las escaleras hacia su casa, llamó a urgencias y desesperó esperando en la puerta de Lola. Llegaron después de tres llamadas más, justo a la salida del colegio, mezclándose con los gritos de felicidad de los niños que le impidieron oír sus pasos, se asustó cuando los vio por encima de su hombro. Se apartó y al levantarse vio a la hija de Lola que la miraba asustada, escudriñó a esos hombres que abrían la puerta de su casa, intentó sujetarla, pero se le escapó entre las manos como hacía mucho tiempo lo habían hecho sus esperanzas.

Mientras Antonia se perdía en sus pensamientos apoyada en el marco de la puerta, Lola abría sus ojos con lentitud, la luz la dañaba, pero no lo suficiente para no ver aquella preciosa cara morena que empezaba a esbozar una pícara sonrisa, en ese momento se aferró a la vida y la vida le respondió muchas de sus preguntas, solo un miedo recorrió todo su cuerpo, el dejar de verla y así los pagos se desvanecieron con los miedos y lo único que podía sentir era que aquella sonrisa hacía que todo valiera la pena.

AMORES ETERNOS

Daria estaba sentada en un café, el día era gris y el tiempo frio, pero necesitaba darle oxígeno a su mente para seguir pensando, llevaba días dándole vueltas a un tema y pensó que sentarse entre la gente le daría pistas.

Trabajaba en una clase de ensayo para un curso de postgrado en el que se matriculó aquel otoño y quizás influenciada por las charlas interminables que últimamente mantenía con su amiga Clara, sumergida en su totalidad en un caos amatorio, eligió el amor como ejemplo de lo fugaz y lo eterno.

Pensaba en el tiempo, ese fantasma que unas veces queremos atrapar entre los dedos para permanecer en un momento de nuestra vida y otras empujar para llegar a un momento que creemos será mejor. Mientras tanto, el único tiempo que realmente poseemos, el que siempre está muriendo, el presente, se nos escapa con constancia de las manos y en él dejamos escapar segundos de felicidad a los que ni siquiera dejamos asomarse.

En ese momento estaba Clara, quería huir tanto de su pasado que engullía el presente sin saber qué le depararía un futuro incierto. Entretanto, Daria, aferrada a su presente, miraba atrás con nostalgia y sentía un profundo escalofrío recorrer su espalda cada vez que observaba al futuro.

Mientras escribía conceptos que la ayudasen a estructurar el ensayo, sintió una presencia junto a su mesa, lo miró, era moreno, con unos preciosos ojos verdes y una sonrisa intrigante, con una voz grave preguntó:

—¿Molesto?

Daria, sorprendida, masculló un: —¿Perdón?

Él tras unos segundos aparcado en la mirada atónita de Daria, contestó:

—Preguntaba si molestaba.

Al pronunciar esas palabras, apartó la silla, se sentó y continuó diciendo:

—Te llevo observando desde que has llegado, no esperas a nadie, no buscad a nadie. Sin embargo, estás perdida y el camino no está en lo que escribes.

Daria estaba estupefacta, casi no podía articular palabra, ¿quién era aquel individuo que se atrevía a sentarse en su mesa y psicoanalizarla sin su permiso? No obstante, solo pudo decir: —¿Eres?

El extraño sonrió, la volvió a mirar con parsimonia y respondió:

—Álvaro, soy Álvaro.

En un momento que pudo ser eterno, Daria intentó recomponerse, tenía ganas de darle una sonora bofetada, mas permanecía fijada a su mirada como si un hechizo de los cuentos de hadas se hubiera volcado en su café. Por fin reaccionó.

—Muy bien, Álvaro, y se puede saber quién te dio la licencia de sentarte a mi mesa y opinar, porque francamente, cuando trabajo, me gusta hacerlo sola y cuando no trabajo, me gusta pasar el tiempo con quien yo elijo.

Estaba furiosa, no solo por la actitud de aquel extraño que se le antojaba presuntuosa y fuera de lugar, también con ella, porque tardó una eternidad en reaccionar y ponerlo en su sitio, pero mientras pensaba, él ya había dejado su respuesta sobre la mesa.

—Aunque tarde, disculpa mi atrevimiento, estaba solo, me apetecía conversar y me pareciste alguien interesante, si me dejas, podemos intentarlo, conocer a alguien siempre puede resultar refrescante.

Daria pensó: «refrescante; lo tuyo fue una ducha de agua fría en pleno enero y no te puedo decir que te largues porque quiero saber más. No quiero que lo sepas y no sé qué cara estoy poniendo, pero seguro que me estás leyendo la mente porque eres un raro de esos que me encantan y…».

—Como ya estás sentado, ¿de qué quieres hablar, desconocido Álvaro?

Sonrió, no sabía si, porque estaba acostumbrado a que le dejaran sentarse, o porque le apetecía esta vez hacerlo.

—¿Qué escribes?

Daria aún con su atención en él, atónita contestó:

—Ni siquiera me has preguntado el nombre y quieres saber qué escribo, interesante, te lo respondo todo y evitamos más preguntas, mi nombre es Daria, un antojo de mi padre y escribo un ensayo sobre el amor y el tiempo.

Él volvió a sonreír, dejó escapar unos segundos.

—Bello antojo el de tu padre, pero, ¿has amado de verdad para escribir sobre el amor? A menudo creo que se escribe demasiado del amor sin haberlo experimentado o, al menos, no haberlo hecho en toda su intensidad.

Durante unos segundos, Daria pensó en lanzarle el café a la cara, levantarse e irse sin más comentarios, pero la pócima de la bruja malvada la mantenía allí sentada, maldecía el momento en que decidió salir de casa para estar sola rodeada de gente, necesitaba tiempo antes de contestar, se levantó sin decir nada y salió a fumarse un cigarro. ¿Quién diablos era ese atractivo desconocido?, ¿qué hacía en su mesa?, ¿por qué no hablaba del tiempo como el resto de desconocidos?, ¿por qué era tan directo?, ¿por qué siempre respondía y por qué ella estaba allí sentada, mirándolo como al príncipe del cuento y deseando contarle hasta el momento del parto? Dio caladas tan profundas que el cigarro desapareció, tenía que entrar. El amor, sí experimentó amor, junto al desamor, el desdén, el dolor, la rabia, la furia, la alienación, el desasosiego y también momentos de felicidad.

—¿Te dio tiempo a pensar la respuesta? Porque el cigarro lo has quemado muy rápido.

Daria tomó aire mientras se sentaba, pero no le dio tiempo a llegar a la silla.

—Por la expresión de tu cara, el resentimiento seguro, el amor quizá, pero fugaz. De momento nadie ha sabido amarte, tal vez alguien lo ha intentado, pero no le has dejado; conoces el amor, pero un amor insulso o dañino o las dos cosas, quizás una explosión de amor efímera, pero no el amor eterno.

Daria pensó: «elemental, mi querido Watson, si hubiera encontrado el amor eterno no estaría aquí perdiendo el tiempo contigo». Sin embargo, le daba la sensación que algo nublaba su mente y entorpecía su don de la palabra, volvió a mirar el café, cogió el vaso y analizó su contenido, le daba vueltas sin responder, ¿qué diablos llevaba aquel café?

—Un poco profundo para acabar de sentarte a mi mesa, quién sabe, quizá he dejado escapar el amor eterno o quizás aún estoy a tiempo de retenerlo entre mis brazos o quizá no quiero el amor eterno o quizá lo quiero y no sé encontrarlo, ¿y tú?

Álvaro volvió a sonreír, quizá no era el café, era la sonrisa, odiaba estar turbada y en ese momento la niebla con la que la ciudad amaneció estaba toda en su mente, impidiéndole ordenar un pensamiento.

—¿Yo? Evidentemente tampoco, pero sí que sé que lo estoy buscando, quizás esta sentado en esta mesa, realmente creo que el amor eterno o ha estado siempre en tu vida o entra volcándola por completo, ¿estás dispuesta a abrir la puerta?

Lo miró como quien ve a Baltasar entrando en el salón de su casa la madrugada de un 6 de enero y tiene más de diez años; por fin sonrió, la niebla se disipaba, dio un trago al café, se tomó su tiempo y continuó mirándolo sin dejar de sonreír.

—Estás loco, ¿cuántas veces te sientas con desconocidas para ofrecerles amor eterno? Es un dato clave para saber el grado de tu enfermedad. Y ya que preguntas, no, no acostumbro a dejar entrar extraños en mi casa, con los locos conocidos tengo suficiente abastecimiento para dos vidas. Pero, de verdad, siento curiosidad, ¿quién eres realmente?, ¿por qué haces esto?

El café se terminó y seguía dándole vueltas, él no sonreía, quizá pensaba la respuesta, ¿fue demasiado brusca? Aquella situación la desbordaba, pero no tenía fuerzas o no quería encontrarlas para salir de allí, no era el café, no era la sonrisa, pero, ¿qué diablos le pasaba?, ¿se volvía majareta?

Álvaro volvió a sonreír y esta vez su sonrisa aún era más cautivadora, con cada mirada un clavo más la dejaba sujeta a aquella absurda situación y a aquella silla; él volvió al ataque, con pausa, deslizándose poco a poco en su vida.

—¿Te das cuenta que quieres estar enfadada y estas sonriendo? Eres alguien maravilloso, no entiendo qué haces aquí sentada y sola, me da la sensación que estás huyendo, pero no sé de qué o de quién. Te invito a cenar, hace rato que los cafés se acabaron y necesito imperiosamente dos cosas, comer algo y seguir hablando contigo

Daria sin saber cómo, rompió los anclajes, se levantó y sin ser muy consciente de lo que decía ni de lo que hacía, dijo:

—¿Dónde vamos?

Y en ese momento Álvaro rodeó su hombro, dejó el importe de los cafés en la mesa y soltó:

—Paseemos, el azar dirá dónde conocernos mejor.

Y pasearon, el frío era intenso, pero parecían no notarlo, durante el paseo casi no hablaron, de vez en cuando se miraban y sonreían, Daria pensaba que acababa de perder el último resquicio de cordura, pues paseaba con un extraño que hablaba de amores eternos, de noche y sin rumbo fijo. Álvaro solo sentía el gélido en su rostro, la calidez del cuerpo de Daria junto al suyo y un hambre gritando en su estómago que él silenciaba por prolongar aquel paseo. Finalmente decidieron entrar en un pequeño restaurante balinés de un callejón olvidado, se sentaron, continuaron sonriendo y pidieron el menú de degustación, superados los trámites previos a la cena, comenzaron a charlar, la conversación intensa en el contenido, en el tono y en los gestos se prolongó hasta que se dieron cuenta que les esperó para cerrar.

Se despidieron frente al portal de Daria con un beso de amigos, se citaron al día siguiente en el mismo café, a la misma hora en que se conocieron. Daria subió las escaleras sin sentir los escalones bajo el peso de su cuerpo, se sentía liviana, casi con el don de moverse flotando, pero no quería pensar mucho, no en ese momento, se sentía cansada y feliz, lo de pensar lo dejaría para mañana.

Era viernes, no tenía clase, saboreó el café de las ocho con lentitud, tenía que centrarse en el ensayo, el amor, el tiempo, lo fugaz, lo eterno. Clara, qué pensaría Clara de todo aquello, no, mejor no decir nada, estaba demasiado enrocada en su huida hacia delante, la llamaría, pero en otro momento. Desde luego, el de Clara no fue un amor eterno, ni los suyos anteriores lo fueron. Sin embargo, el de sus padres sí, quizás Álvaro tenía razón, todos tenemos un amor eterno, mas hay que encontrarlo y reconocerlo o tal vez lo reconocemos, pero nos escondemos en amores fugaces por miedo. Ya sabía qué quería decir en su ensayo, se lanzó al ordenador como una posesa, siempre que tenía que escribir lo hacía de forma compulsiva, arrojaba todos sus pensamientos en un borrador del que más tarde analizaba el contenido. Cuando terminó, lo leyó un par de veces, estaba contenta, tenía el armazón completo, solo quedaba desarrollarlo… no sería esa tarde.

Y no fue esa tarde, ni las siguientes, con el tiempo empezó a perder algunas noches e incluso madrugadas. Sin embargo, el ensayo estuvo finalizado a tiempo, le reservó algunas mañanas.

El amor eterno la asaltó de improviso, tomando café y se instaló en su vida, los meses se empujaron de repente unos a otros, el sol de junio acariciaba sus paseos y en ese instante creyó que sí, que poniendo su mundo el revés, volcándolo, como decía Álvaro, hay amores eternos que al menos superan un corto invierno, el suyo casi dejaba atrás. Además, la primavera, si algún romántico analizaba sus miradas, incluso podía llegar a creer que juntos alcanzarían el invierno de la vida.

PRECIOSA

Cada mañana, al recoger las hojas de producción, podía saludarse, detrás de una de las máquinas había un poster y le dijeron que era ella, no se reconocía, pero le encantaba esa fotografía.

Le gustaban los dos turnos, en uno podía saludar sus mañanas y compartir algunos atardeceres, en el otro ser una pequeña parte de algunas de sus noches.

En aquellos días solía recordar a menudo la portada de un libro que le hicieron leer en el colegio, eso libros en inglés adaptados para estudiantes: *The Razor's Edge* o *El filo de la navaja*, y es que en los últimos meses se sentía demasiadas veces así, casi podía sentirse acariciándola.

Lo suyo fue fruto del día a día o de la noche a noche en meses alternos, si él estaba en el turno de día, ella cada mañana antes de las ocho pasaba por su máquina a recoger las hojas de producción, cada día unas sonrisas, unas bromas, un comentario picante y si estaba de noche, siempre pasaba a decirle adiós.

Dunia era muy joven, pero recibía un curso más que intensivo del mundo masculino, trabajaba una infinidad de horas semanales rodeada de todo tipo de ejemplares del otro sexo, el infiel descarado con habitual, el infiel muy esporádico, el esporádico, el que quería serlo, pero no podía, el que lo era solo con la mirada, el fiel por devoción, el fiel por obligación y entre todos aquellos estaba él, Pablo, el infiel por locura de amor.

Regresaba del trabajo a casa, se consideraba afortunada, podía hacerlo andando, eso le permitía cuatro paseos de 20 minutos donde sus pensamientos acostumbraban a volar por todos los tiempos, pretéritos, presentes y futuros, aquel día la brisa marina y unos maravillosos ojos con los que se acababa de cruzar, la transportaron a un tiempo donde unos orbes fueron el centro de su vida, una vida que unos instantes al día se paseaba por el filo de la navaja. Sonaba el teléfono, lo dejo sonar un par de veces.

—Preciosa, ¿dónde andas?

—En casa, ¿no deberías estar trabajando?

—Estoy trabajando.

—En tu puesto no hay teléfono.

—He salido, en diez minutos donde siempre, inventa algo.

—Inventado.

Su madre la miraba con vista de madre halcón, entró en el salón cuando la conversación apenas terminó, su mirada era la versión ¿Y?

—Salgo.

—¿Dónde, Dunia? son las diez y media de un lunes.

—Un amigo tiene un problema, no tardo.

—Ya ni siquiera preguntas, sales muchas noches entre semana, no llegas tarde, pero no sé dónde vas y me preocupa, y cada vez es una excusa diferente, excepto la de hoy, tus amigos son unos infelices, hija, siempre tienen problemas.

La palabra «problemas» quedó justo detrás de la puerta, jamás antes actuó así, pero cuando sonaba el teléfono por las noches desde hacía unos meses, se sentía como el caballo desbocado y olvidaba totalmente por quien sujetaba las riendas.

—Preciosa, ¿cómo lo consigues?

—¿Qué?

—El estar más preciosa cada día y escaparte de casa tantas noches.

—Mi madre está muy mosca ya, me ha acosado al colgar y antes de salir; no sé cuánto tiempo podré seguir, y tú, ¿quién te cubre?

—No te preocupes por mí, me cubren, me preocupa que tengas problemas en casa, pero tenemos tan pocos momentos.

—Dejemos el futuro, tenemos tan poco presente.

El coche estaba en su refugio, ya podían besarse.

Dunia se sentó en una terraza al lado de casa, no le apetecía cocinar, sin darse cuenta se mordía los labios, pero el camarero llegó a tiempo con la ensalada, si se daba prisa podría dormir un rato, la noche anterior como todas se acostó tarde, el verano tomó el mando, eran jóvenes y trabajaban mucho.

—Niña, ¿te pasa algo?

—Cansada, Mariola, cansada, que no paramos ni de día ni de noche

—Cansadas estamos todos los días, pero tú tienes algo más.

—Pasado.

—No quieres hablar.

—No es nada, se me pasa con media hora de sueño

—Como quieras, como se presenta hoy de gente.

—Todo confirmado, así que nosotras por hoy cumplimos, al menos sobre el papel.

—Duerme.

—Lo intento.

Tenían una hora, de vez en cuando, del turno de noche, alguna mentira de fin de semana y algún atardecer del turno de día. Lo hablaron muchas veces, no solo era el peligro, era el miedo de cómo evolucionaba algo que empezó siendo un juego divertido y seguía siendo divertido, pero en ese momento ya había más, un más que casi no tenía esperanzas de futuro.

Llegó a casa a las doce y cuarto, la cara de su madre lo decía todo.

—¿Solucionado?

—Sí.

—¿Hasta cuándo?

—¿Hasta cuándo qué?

—La solución.

—No sé, yo no soy el problema, no tengo que solucionarme.

—Dunia, no seas impertinente, eres lo suficientemente mayor, pero vives aquí, sabes perfectamente lo que quiero decir.

—Entonces solo hay una respuesta, sin solución en el tiempo, de momento.

Se levantó, se retocó el maquillaje, sonrió al espejo, maldijo el dolor de cabeza y salió al salón, Mariola la miró.

—No lo intentes, no soy un cliente con un bono de vacaciones.

—Gracia, guapa, tú poniéndolo fácil, me voy, ¿tienes visitas?

—No, pero voy de refuerzo a ventas.

—¿Esta noche?

—Lo que podamos, a ver a qué hora los echamos y con ventas, claro. ¿Aquí o allí?

—Ahora te digo aquí, pero ya sabes.

En el camino de vuelta, su dolor de cabeza seguía acosándola con la misma historia.

—Pablo, esto es una locura, son diez meses de mentiras.

—¿Mentiras? si tú a tu madre y yo. Pero esto nuestro es verdad y está por encima de las mentiras, creo yo, vamos.

—Pablo, me caso en dos meses.

—¿Como que te casas?, ¿con quién?

—Con alguien, hoy es nuestro último día, podemos discutir o aprovecharlo.

—¿Tú estás loca? Te he dicho que con quién.

—Y yo te he respondido que con alguien, tú no ocupas todo mi tiempo, me cansé de mentiras.

—¿Cansada de mentiras? Y tu mentira, ¿dónde la has escondido todo este tiempo?

—Tenemos una hora, una buena despedida o me bajo y me voy ahora.

—¡Adiós!

—¡Adiós!

Se abrieron las puertas del hotel, se fue a la oficina, sacó un café de la máquina, se tomó una aspirina, encendió primero el ordenador y luego un cigarro, aspiró la primera calada como si fuera la última.

Cuando llegó Mariola al final de la tarde para hablar con ella, en la pantalla del ordenador se podía leer: «Yo, Dunia, presento la baja voluntaria…».

La llamó, no contestó, corrió al apartamento, ni ella ni sus cosas estaban.

El verano empezó con un calor insoportable, era viernes, la siesta no le sentó bien, tomaba cerveza mientras ojeaba la prensa, la música casi no se atrevía a romper el silencio de la tarde, sonó el timbre, fue a la puerta, si era un vendedor lo asesinaba.

—Hola, Pablo, me dijeron que me estabas esperando.

—Hola, preciosa, empezaba a creer que no vendrías.

ALMA EN PASO DE TANGO

Transitando por un barrio de Buenos Aires, Patricia se quedó mirando absorta una frase: «Que mi alma no descanse si de amar se trata», y en su camino el tiempo se detuvo unos minutos, sus ojos se quedaron absortos ante aquel viejo trozo de pared testigo mudo de aquellas hermosas palabras, empezó a notar que un montón de sensaciones arrinconadas por mucho tiempo la abrumaban.

Solo un par de niños dándole patadas a una lata y unas mujeres cargadas de bolsas, la distrajeron unos segundos de aquel mensaje que alguien dejó allí y ahora la tenía retenida sin saber muy bien qué le pasaba.

Amar sin descanso, ardua tarea, amar con pasión, amar con ternura, amar con complicidad, amar sin sosiego, amar con dolor, amar sin esperar nada del amor más que el amor mismo, amar sin dar descanso al alma.

Aquello no era posible, alejó esas palabras de su cabeza y prosiguió su camino, buscaba un centro donde voluntarios del país y extranjeros se ocupaban de niños en situación de marginalidad incrementada por la crisis que azotaba a la economía a escala mundial.

Cuando llegó al centro la esperaban, andaban escasos de voluntarios, la convulsión en que se hallaba sumido el mundo disminuyó la llegada de extranjeros. Sin embargo, la necesidad aumentaba día tras día. Los que optaban por colaborar en aquella ONG pagaban todos sus gastos y hacían una aportación económica, además del año de trabajo.

Patricia ahorró dos años para poder incorporarse al proyecto, después solicitó un año sabático que le fue concedido y llegó la mañana anterior, descansó en un hotel del largo viaje, por la tarde paseó por las calles de Buenos Aires, por fin su tren hizo parada en una de las estaciones que siempre quiso visitar.

La esperaba Román, era el director del centro, entre otras tareas se encargaba de recibir a los voluntarios, ubicarlos, mostrarles dónde transcurriría ese año de sus vidas y dónde llevarían a cabo el curso de adaptación para conocer sus tareas. Patricia iba a colaborar en el programa de alfabetización. Aquel día se incorporaban tres voluntarios más, un canadiense y una pareja de españoles, los cuatro asistirían juntos al curso.

Román les recordó cuál era la filosofía de trabajo que desarrollaban, qué esperaban de ellos y les informó de cuáles iban a ser sus funciones y a qué grupos se iban a incorporar. Patricia le escuchaba con atención, deseosa de iniciarse en la tarea. Sin embargo, en algún rincón de su cerebro la frase del muro ronroneaba a sus pensamientos.

Les acompañaron a su habitación, su nueva compañera, Elena, y ella compartirían litera, se pidió le de arriba, tenía una claustrofobia inmensa. Tuvieron la tarde libre y los cuatro decidieron quedarse por el centro para ver cómo se desarrollaban las actividades. Jacques, el canadiense, hablaba un perfecto español, parecía que los cuatro podrían llevarse bien.

A la hora de la cena les presentaron al resto de voluntarios y coordinadores del centro, se cenaba temprano a las siete y media, luego llegaba el momento de relax del día, unos charlaban, otros leían o escuchaban música, algunos se marchaban para perderse en la noche bonaerense.

Se levantaban temprano, las clases comenzaban a las siete, así que aquella noche se mezclaron con el grupo de voluntarios que charlaban para irse conociendo y se fueron a descansar pronto, los últimos días fueron muy largos para los cuatro.

Terminado el curso de adaptación, eran una piña, compartían su tiempo libre y sus experiencias, era un trabajo duro, algo que les recordaban con constancia es que debían de implicarse en la educación de esos niños, pero que si su corazón se empapaba de cada historia no serían fuertes para resistir dicho año, que había situaciones que tendrían que aprender a vivir desde fuera, como meros observadores y solo implicarse si era realmente necesario. Eso era lo que más le costaba a Patricia, detrás de cada niño siempre había una historia y cada día era un reto para ella mantenerse al margen.

Román a menudo charlaba de ese tema con ella, se convirtió en su mentor, la orientaba cuando la veía perdida y sin saber qué decisión tomar; aquel hombre llevaba entregado más de quince años a esa causa, él mismo salió a flote desde un barrio similar con la ayuda de otros y eso le impulsó a crear su propia ONG, juntos crecieron y maduraron, ahora incluso había días que milagrosamente parecía que todo rodaba bien, que tenían suficientes fondos, que el abastecimiento llegaría para todos, que contarían con suficientes voluntarios. Patricia y él compartían sus inquietudes, ella quería saberlo todo, abarcarlo todo y eso hacía que más de una vez se enfrentara a problemas que pudo evitar. No obstante, cada día en aquel mundo en el que todos dependían de todos tejiendo una red donde los nudos ataban a las personas de una manera inexplicable, poco a poco entendió la frase de aquel muro, cuando llegó solo pensó en el amor romántico. Sin embargo, en ese punto, transcurridos cinco meses desde su llegada, cuando pasaba por delante, cosa que ocurría cada vez que salía del centro, sonreía, el tiempo que llevaba allí le hizo darse cuenta que había formas de amar que se agarraban al alma acercándola al agotamiento y no tenían nada de románticas, los gestos de los compañeros, la solidaridad, el amor generoso que se entrega sin esperar nada a cambio, las sonrisas de aquellos niños cuando les contaba un cuento; en ese momento sintió que amaba cada día de su existencia como si fuera el último, porque cada día era intenso en sentimientos y experiencias, distinto al anterior y sin dar pistas sobre lo que depararía el siguiente.

El tiempo transcurrió deprisa, llevaba ocho meses allí y seis meses de clases de tango. Una noche regresando al centro tras la clase, hizo pararse a Román frente a la frase y le contó lo que le pasó el día de su llegada, él sonrió, no le extrañaba solo una loca romántica estaría dos meses suplicando para aprender a bailar el tango. Patricia le contó cómo desde entonces su pensamiento cambió, cómo ahora sentía cada día que era capaz de dar todo su amor y su alma no se cansaba, como ese otro amor la tenía cautiva, sus miedos pensaban que se acercaba el momento de la marcha sin saber si sería capaz de volver a su mundo. Román la escuchó en silencio, la dejó hablar, como siempre, y luego la miró a los ojos, sonrió, le trasmitió aquella paz inmensa como siempre que sonreía y le dijo que había una posibilidad de quedarse, Patricia abrió aún más sus orbes inmensos, aferrándose a la posibilidad sin siquiera conocer todavía cuál era, Román le tendió la mano y en paso de tango retomaron el camino de regreso al centro, le emoción de esa pequeña posibilidad de permanecer en ese mundo que la cautivó la llevó bailando hasta la puerta del centro y Román la observaba con una media sonrisa, aquella española apasionada a la que en principio no daba más de cuatro meses, casi sin darse cuenta, se convertía en su mano derecha y casi no podía permitirse dejarla marchar.

Patricia se quedó en Buenos Aires, han transcurrido cinco años y sigue allí, en ese tiempo ha visitado tres veces España y cada vez que regresa la felicidad de ver a los suyos es inmensa, pero sabe dónde está su casa, porque tiempo atrás descubrió que, si de amar se trata, hay que dejar el corazón libre y no dejar descansar el alma.

EL VIAJE EN SUS MANOS

Se miró las manos, fijar la vista era un gran esfuerzo desde hacía un tiempo, estaba asustado, poco a poco la imagen que veía en el espejo se parecía cada vez menos a la que él recordaba o quizá su mente más generosa que su cuerpo dejó dejarle un recuerdo dulce para el final. Y por eso, unas semanas atrás, pidió a su hijo que quitara todos los espejos de la casa, no quería ser el fin, quería ser el principio, los ojos de su alma le devolvían aquella mirada triste y soñadora con la que desembarcó en aquel puerto desconocido.

Huía del hambre y de una postguerra silenciada por un mundo que jugando una partida de ajedrez decidió ignorar. Tuvo suerte, cruzó los Pirineos a tiempo, su última morada española en tierras catalanas fue una casa con un pozo en medio de las montañas y esa imagen, cuando miró atrás como despidiéndose en un punto de una vida que no iba a recuperar, se repitió el resto de sus días.

Llevaban dos semanas caminando sin descanso, paraban lo justo para reponer unas fuerzas que a ratos creían ya inexistentes, pero solo podían ver un futuro, estaba lejos y en el viaje habría muchas subidas y bajadas, piedras, polvo, dolor. Pero también camaradería, sonrisas que en algunos momentos incluso no parecían forzadas, aunque cuando estaban muy seguros de no ser oídos, entonaban algunas canciones.

De nuevo miró sus manos, con ellas trazó todo el viaje, en la huida le ayudaron a subir montañas, a arrancarse de la piel chinches y piojos, a partir trozos de pan que llevar a la boca si un alma generosa se apiadaba de esa triste marcha. Entonces era joven, cuando Barcelona iba a caer, su presente anarquista lo lanzó a una vida futura desconocida sin mirar atrás y mientras hacía su petate que sería la almohada de sus sueños durante mucho tiempo, no sabía que aquellas manos le entregarían una nueva vida que ahora casi llegaba a su fin.

La casa del pozo seguía en sus pesadillas de hambre y fríos nocturnos, quería buscarla, quería verla antes de dejar aquel tránsito desde el vientre de su madre a ninguna parte, se lo pidió a su hijo, solo recordaba que el nombre del pueblo empezaba por C y que estaba al final, al lado de la frontera que cruzaron a través de sus montañas.

Desembarcó en dicha ciudad desconocida a finales de marzo, el gobierno del país de acogida se organizó teniendo en cuenta la avalancha de personas que se sabía abandonaban España ante el cariz que tomaba la guerra civil que terminó días más tarde. Tras pasar los controles oportunos, le esperaba el que sería su mejor amigo y camarada para el resto de sus días, Felipe, hijo de un español emigrado décadas antes, él y su familia iban a acogerle hasta que pudiera vivir por sus propios medios.

Llegaron a casa de Felipe, la familia le acogió en una fiesta, le abrazaron, le besaron, le quitaron el petate de las manos, le mostraron su cuarto y dónde podía asearse del largo viaje.

No le dejaron ponerse al trabajo de inmediato, le dieron el tiempo necesario para recuperarse de la dolorosa huida que dejó huellas en su cuerpo y en su mente, las magulladuras y cicatrices del largo viaje. Algunas se curarían con el tiempo, otras serían parte para siempre de su equipaje.

Miró a su hijo, contempló sus manos y le pidió que se acercara.

—Ya no puedo.

—¿No puedes qué, padre?

—Dibujar.

—Hace tiempo, padre

—No, ayer le hice un dibujo a tu madre.

—Mama ya no está.

—Sí, está en la casa del pozo.

—No, padre, allí no hay nadie, solo un mal recuerdo.

—Dile a tu madre que venga.

—Sabes que no puede.

—Llévame con ella.

—Tampoco puedo, padre.

—Deja que me vaya.

—Eso puedo hacerlo, pero no depende de mí.

—Acércame un cuaderno y los lápices.

Tras su llegada y tras reponerse del dolor físico, empezó a trabajar en el negocio de la familia que lo acogía y su tiempo libre lo dedicaba a dibujar, al principio eran recuerdos de sus días en Barcelona, pero con el tiempo cada vez fue más capaz de exteriorizar su dolor y lo hizo sobre el papel, empezó a dibujar la huida, el miedo, el largo viaje.

Con los primeros dibujos Felipe fue consciente del talento de ese hombre profundamente dañado, que con su silencio y sus manos expresaba el dolor encerrado en su corazón. Empezó a mover hilos entre aquellos que conocía que eran muchos y meses más tarde, le dijo a su empleado que dedicara su talento a lo que sus manos eran capaces de expresar, eso que su alma no era capaz de convertir en palabras.

A partir de aquel momento la vida le cambió, se sentía feliz dibujando, pintando, aunque sonreía poco, lo hacía tras las noches de inauguración de sus exposiciones y el día de su boda o tras el nacimiento de su hijo. Sin embargo, la mayor parte del tiempo lo pasaba en su estudio entre blancos y negros, con más sombras que luces y en silencio, solo la música rompía el silencio que imponía a su alrededor.

—Vamos a la casa.

—Mañana, padre, hoy es tarde.

—¿Lo prometes?

—Sí, está todo preparado.

Llegaron al pueblo a media mañana, nada más llegar a la vieja iglesia la cara de aquel hombre olvidado en la memoria de todos los
que le hirieron, cambió de expresión.

—Está allí, por aquel camino.

—Lo sé, padre.

—Vamos.

Llegaron a la casa y para sorpresa de ambos, no estaba abandonada, luego se enteraron que los dueños solo iban fines de semana o vacaciones; quiso acercarse hasta el muro, miró al pozo y de repente las lágrimas empezaron a brotar, nadie le interrumpió, le dejaron llorar en silencio, ni siquiera la enfermera hizo el gesto de acercarse

Miraba la casa, el pozo, el muro, la montaña y sus manos.

—Hijo, lápices, papel.

Empezó a dibujar con la destreza perdida hacía unos años, nadie hablaba, los ruidos de la naturaleza y de los lápices eran los únicos que interrumpían aquel silencio que dejó a todos los presentes clavados a la tierra, casi parecían decorados de cartón piedra, hasta sus respiraciones veneraban ese silencio en el que se palpaba un dolor inmenso.

—Toma, hijo.

Le entregó el dibujo, la casa del pozo.

—Cuando hagáis la póstuma me gustaría que fuera el centro.

—Lo será, padre.

—Un último favor, ya no tengo nada más qué hacer aquí, llévame con tu madre.

Se marchó a los pocos días, regresó a la libertad perdida, al lado de su esposa, al lado de los camaradas perdidos, a aquel lugar del que nadie conoce el camino, pero que encontró con unos ojos llenos de paz.

CONVERSANDO CON LA VIDA

Se cerró la puerta, un golpe seco, un adiós mudo, un instante que cerraba un mundo, unos años de vida que no tuvieron casi el contenido de aquella palabra… vida. Tenía tiempo para pensar, para repasar ese que no se detuvo, que avanzó sin ella, arrastrándola en los años hasta una parada, un amanecer, un momento en un día en que se sentó frente su vida y dijo:

—Un momento, no te vayas.

—No voy a ninguna parte, estoy contigo.

—¿Dónde?

—Donde tú quieras que esté, en tus amaneceres, tus mañanas, tus tardes, tus ocasos…

—¿Por qué no puedo sentirte?

—¿Lo intentas?, ¿quieres tu vida?, ¿te sientes en ella o la estás dejando pasar?

—Tú eres mi vida, tú lo sabes.

—Yo no sé nada, yo soy lo que tu moldeas con tus manos, lo que tú pintas con tus colores, lo que respiras, lo que besas, a lo que sonríes, lo que amas, a quienes amas, quieres y con quienes compartes, yo no soy sin ti, en tu ausencia yo paso, el tiempo me arrastra contigo en un baile sin música.

—Regresa conmigo.

—Abrázame, hazme tuya.

—¿Cómo?

—Como solías hacerlo, ¿recuerdas?

—Apenas.

—Haz un esfuerzo, desde que eras una niña hemos jugado juntas, tú me empujabas, me lanzabas por precipicios imposibles, me llenabas de palabras, risas, carcajadas y suspiros, entonces tocabas, besabas, abrazabas.

—¿Quieres decir que ya no beso?

—A tus hijos, ¿y al resto?

—¿Desde cuándo?

—Hace mucho, demasiado. ¿Dónde está ella?

—¿Quién?

—Tú.

—¿Ella o yo?

—La ella que debería ser tú, la escondida, la oculta, la encerrada, la sin aire, la ahogada. No sé, no la encuentro.

—¿Realmente la buscas?

—Sí, la quiero, la necesito, quiero vivir en ella, pero está tan oscuro.

—Hay luz, mira dentro de ti, la luz se escondió, pero está, piénsalo.

La habitación era grande, ventanas y balcones, persianas semicerradas, puerta cerrada, siempre cerraba las puertas, siempre se recogía entre sus emociones en solitario, en silencio, sin palabras.

Bajó la tapa del ordenador, se recostó en aquella inmensa cama siempre vacía de amor, de sentimientos, de pasión.

Empezó la búsqueda, navegó en el mar de aquel tiempo transcurrido, le costaba cruzar las continuas tempestades, las islas de paz eran instantes donde podía tomar el aire necesario para seguir respirando y después cruzar entre aquellos vientos que la llegaban a dejar casi sin aliento, dejó reposar su cuerpo en unas rocas con la fuerza del tiempo golpeándola en el rostro. Sin embargo, aunque con dificultad podía respirar, el lecho era duro, pero la acogía entregándole un momento para ver aquel reflejo que salía de su alma devorado por la ausencia de vida. Se agarró a un saliente de la roca, lo asió con fuerza, no tenía piolets, ni cuerdas, si caía seria para siempre, mas decidió empezar a subir el acantilado que la llevaría de las profundidades a la playa.

—Estoy preparada.

—¿Segura?

—No, segura no, si caigo al vacío será el adiós definitivo, pero quiero llegar al otro lado, tengo la fuerza, empújame.

—No puedo, eso ya lo has hecho tú. Agárrate fuerte, coloca las manos, los pasos, no mires atrás y empieza, no será fácil, ve a por ella, ven a por mí, atrápame, solo estoy a unos metros.

—Dime que esperarás, que no te irás, no me abandonarás.

—Estoy, yo siempre he estado, ¡lucha!

El sol luciría con fuerza, unas cuantas barcas de pescadores reposaban en la orilla esperando salir a faenar en unas horas, sus colores jugaban con la madrugada y lanzaban destellos de alegría a aquellos dos extraños, el blanco de las casas besaba tímidamente la luz de la luna para luego lanzarse a un baile de sombras, tumbada en el hueco que dejaban dos barcas dormitaba con una sonrisa dibujada en su rostro, soñaba casi despierta. Alargó el brazo hacia el cuerpo que yacía a su lado, llegaron al amanecer, aparcaron el coche y se acercaron a la playa, se miraron, no había nadie, el sol reposaba en brazos de la luna y ellos decidieron acompañarlos, se acercaron a la orilla, extendieron una manta, se miraron a los ojos sonriendo mientras empezaban a acariciarse, sin prisa, aún de pie, miraban los labios del otro antes de besarlo, advirtiendo, acariciando con la mirada, extendiendo el fuego de sus cuerpos hacía unos orbes que expresaban el deseo apoderándose de ellos y acercándose a eso labios que ansiaban saborear con prisa y sin prisa, con pausa y sin pausa, con pasión y con dulzura.

Empezaron por sus labios aún de pie, descalzos sobre la manta, con una suave brisa de marzo algo fresca invitándolos a protegerse entre sus cómplices, las barcas.

—Has regresado.

—Sí, estaba viviendo.

—No sé, estoy contigo, ¿lo olvidas?

—No, sabes que beso de nuevo.

—Y como besas, el tiempo no se recupera, pero tú sabes recuperar los momentos.

—No recupero momentos, vivo momentos nuevos, pero como solía hacerlo.

—Amas sin descanso.

—Amo sin remedio, porque no quiero tenerlo, quiero y amo a la vez, quiero a muchos, amo a uno solo.

—Hay cosas que no cambian.

—Evolucionamos juntas, tú me acompañas porque tú eres yo y mi esencia, yo evoluciono en el tránsito que nos conduce a ninguna parte y tú conmigo, pero hay cosas que las dos juntas decidimos dejar como siempre fueron.

Con lentitud se dejaron caer sobre le manta, el tiempo no contaba, el sol desperezándose tampoco.

Se acercó a su cuello, sus labios y sus dientes se peleaban por atraparlo sin querer contenerse, sus manos buscaban cómo liberar aquel cuerpo que iba a invadir sin ningún tipo de acuerdos ni tratados, liberando el ser salvaje que la habitaba.

—Eres preciosa.

—Shh, solo bésame.

—Quiero más que besarte.

—Quiérelo todo.

Deambulaba sin querer seguir un único camino, lo quería todo, cada rincón, cada espacio, cada respiración entrecortada, cada gesto recibido y cada segundo entregado con el balanceo de sus caderas. De repente, se sintió poderosa, tenía la esencia de la vida en su cuerpo y en un rápido gesto se colocó sobre su amante, sus labios besaron primero el rostro para descender con parsimonia, saboreaba el manjar que se le ofrecía atrapado por sus manos que le pedían en un movimiento, «sé mío, deja que te posea hasta la locura y luego entrégame todo lo que has contenido». Se miraron y sonrieron, sabían lo que querían, sus labios llegaron al punto donde el placer de aquel ser deseado y deseante se convirtió en una energía que cubrió el cuerpo de ambos, pese a que el sol ya calentaba lo suficiente para que los primeros seres se acercaran a la playa, ajenos a un tiempo que no estaba en sus mentes únicamente ocupadas por la locura de posesión en la estaban sumergidos, siguieron entregándose y dándose con cada pequeña porción de su cuerpo, porque en ese instante solo eran eso, cuerpos.

—¿Dónde estás?

—Contigo.

—Lo sé.

—¿Y?

—A veces siento que quieres escaparte.

—Yo no puedo escaparme sola. Si nos vamos, será juntas.

—No quiero irme.

—Yo tampoco, ¿quisiste?

—Quise, pero ahora no, ahora estoy contigo.

—Sigue conmigo.

—Quiero seguir amándole.

—¿Dónde está?

—Con su vida.

—¿Son como nosotras?

—Son ellos. ¿Volverá?

—Siempre vuelve.

Acarició su pelo, sus respiraciones ya no eran entrecortadas, sus cuerpos estaban de nuevo cubiertos, sus manos cesaron de buscarse y sujetaban las páginas de un libro, de nuevo sonrieron, la playa estaba ocupada de cuerpos y corazones, algunos incluso latían con alegría. Se levantaron, allí ya no podían amarse, buscarían otro rincón, pero no más tarde, en ese momento, porque cuando se ama nada se deja para más tarde, todo se necesita al instante y más que nada el cuerpo y el alma de lo amado. Mientras caminaban con sus manos entrelazadas, de nuevo buscó un instante para acariciarle el pelo.

El amor regresó y con él sus compañeros de viaje, la pasión, el deseo, la sonrisa, el tacto.

—Vida, estás conmigo.

—Yo siempre estoy contigo, eres tú la que no debe olvidarme.

Y la vida siguió hacia adelante, porque a la vida no le queda más remedio, la vida es ese presente siempre transformándose en pasado y anhelante de fututo, la vida es ese instante de duda en el que perdemos un te amo por miedo a ser pronunciado, la vida es esa búsqueda de certezas que nos impide ver un maravilloso mundo de incertezas en el que podemos perdernos para encontrar más vida, la vida es ese gesto que no hacemos por cobardía y nos perdemos todos los gestos posteriores, la vida es… lo que queramos que sea.

TRES VECES ELLA

El traje a medida le sentaba perfecto, se miraba al espejo, le encantaba hacerlo, reconocía su falta de mérito en aquella belleza otorgada por la genética. Sin embargo, se complacía al contemplarla casi como su mayor logro. Estaba listo, tenía una cita, una nueva, no le gustaba repetir en demasía. A la vez que fue consciente de su belleza, inició su carrera de hombre libre, sin ataduras, él tenía clara su conciencia, no mentía ni prometía nada, le gustaba conquistar lo difícil, usaba en noches de cansancio lo fácil y siempre se mantenía a salvo de ellas.

—¿Era?

—Con permiso, pero todavía es señor.

—Pero será *era*. He visto alguno de estos, está diseñado para sufrir.

—¿En serie?

—Con devoción, mejor.

Entregó sus llaves de su estupendo carruaje al aparcacoches, como un príncipe en su propia comedia y se dirigió a la entrada del restaurante.

—Le esperan.

—Lo sé, me gusta que me esperen, yo pago, ¿no?

—Me acompaña el señor.

Cada paso era aún más decidido que el anterior, su graciosa majestad entraba en cualquier sitio conquistando con el paso, la mirada y su sonrisa triunfadora. Ella le miró acercarse, sonrió tímida, con una expresión estudiada una y otra vez.

—Estás bellísima.

Le dio un beso casi sin rozarla, de esos que se quedan en el aire esperando dueño.

—Gracias.

—¿Por?

—Nada, un formalismo.

—No me gustan los formalismos, sabes que eres bella como yo sé que lo soy, no digas gracias, sonríe, es lo que mejor sabéis hacer las muñequitas.

—Perdón, yo…

—Si vas a seguir así, me marcho, ¿serás capaz de algo de conversación interesante?

Tragó saliva a la vez que ingería orgullo, no podía, en ese instante no, sonrió, con simulado casi miedo, masculló:

—¿Qué tal el rodaje?

—Con problemas, como siempre, pero nada, al final lo he solucionado, mañana terminamos, ¿y vosotros?

—Está todo preparado para el martes, a las seis de la mañana estará todo el mundo en el estudio.

Aquello era una conversación interesante para él. Trabajo, su trabajo, el mundo empezaba y terminaba en él y en lo que él hacía, porque el resultado final, el logro, el éxito, eran de él, él era el sol, el entorno al que giraban aquellos infelices planetas.

Le encantaban sus listas interminables de admiradoras, pese a su fama de ególatra y tirano, ellas querían ser las que lo cambiaran. Ilusas. Él jugaba con ellas, hoy una, mañana otra. Si eran más osadas, ¿por qué no dos a la vez?

—Hemos encontrado otro, mismo procedimiento, ¿serie?

—No, aún no.

Era el rey del barrio, su moto, su chupa, su gracia, su chulería; pronto aprendió de su padre, «elige una que friegue los platos, para el resto están las demás», y esa lección la aprendió pronto, mucho mejor que María, la de su madre, y se enamoró, pese a que podía ver su destino entre pucheros, limpiadores, soledad y le dio el *sí quiero,* a la par que de su boca salían sus palabras, la llave del calabozo giraba en la cerradura y con aquello que «no lo separe el hombre», se pudo escuchar el ultimo clac, estaba encerrada sin remedio o al menos eso creyó durante largos años.

—Ponme la cena.

—La estoy terminando.

—No vales para nada, ¡poco que haces siempre mal!

—¿Poco? ¿Y tú? ¿Qué haces?

—Yo traigo el dinero.

—Lo trae el subsidio, tú…

Calló, no quería una nueva discusión, una más que alegrara la noche a los vecinos.

Era el prototipo del desvalido, ese al que toda mujer quiere salvar de sí mismo, el bohemio, el tierno, el especial, el que pasa de las nubes al infierno en décimas de segundo, caravanas de enternecidas damiselas quieren rescatarle de ese infierno al que él mismo se lanzó. Sin embargo, era uno más en la serie de ególatras que poblaban las lágrimas ajenas, uno más de aquellos en los que el mundo empieza y termina en ellos, pero en vez de traje de lobo, llevan piel de cordero y son más difíciles de detectar. Su camino se encontraba repleto de amargos silencios, dejaba atrás sin despeinar su suave pelaje a aquellas que le significaban un paso más allá de él, de su mundo, de su completo deseo por él mismo, por ser el adorado.

—¿Has leído el artículo que te pasé?

—No he tenido tiempo, Silvia, sabes que estoy muy ocupado.

—¿En?

—¿Como que «eh»? Hago mil cosas a la vez y lo sabes.

—¿Con ellas?

—¿Con quiénes?

—Déjalo, es culpa mía.

María leía la prensa un domingo más, le encantaban los anuncios por palabras, los leía desde que era joven, casi no recordaba si alguna vez fue joven. Sí, en casa de sus padres, cuando todavía tenía sueños. De repente, uno llamó su atención: *Se buscan mujeres que quieran tener un plan,* una dirección, un día y una hora. Un plan, ¿qué tipo de plan?, ¿uno vicioso de esos? O a lo mejor un solitario o una solitaria. Era escaparía, era un miércoles seguro, partió de Champions y se emborracharía en el bar. Sí, definitivamente quería tener un plan, ¿podía estar más muerta de lo que ya lo estaba?

—Las mujeres siempre protestamos, siempre nos quejamos, pero muchas veces tenemos lo que nos merecemos.

—Empiezas fuerte, ¿eres?

—Soy Claudia. Era un anuncio a nivel nacional, somos tres.

—Bueno, no soy un dechado de inteligencia, pero el anuncio era un poco... Yo he venido porque no tenía nada por perder, mas creí que me esperaba un psicópata.

—¿Eres?

—Perdón, María.

—Yo Silvia y nos reunimos para...

—¿Por qué has venido, Silvia? Tú sabes tu motivo.

—Quiero un plan, quiero olvidar, quiero perdonarme.

—¿Y tú, María?

—Quiero un plan, quiero libertad.

—¿Y tú, Claudia?

—Tengo un plan, quiero compartirlo.

Las calles estaban vacías, era un lunes de madrugada, en los ojos de la víctima se podía ver el pánico, quería hablar, pero no podía, él mismo ahogaba su respiración con sus propias manos, intentaban apartarlas de su cuello, mas no podían, era como si con la fuerza incontenible de la locura quisiera acabar con su propia vida.

—El tercero igual en unos meses, esto es serie, jefe.

—No puede ser serie, García, ¿no ve que se está asfixiando él mismo?

—Joder, jefe, perdón, pero no me diga que ahora la moda es esta, esto es muy raro.

—Lo sé, García, es sospechoso, pero en todos los casos la conclusión ha sido la misma, el forense no encuentra nada, se auto asfixian, sí, lesiones previas, mas todas auto infringidas, viven solos, tienen montones de amigos, conocidos, caracteres especiales, sí, dan motivos para que alguien los mate, al menos los dos anteriores. Sin embargo, no hay nada más.

María soltó el plato de la cena en un mal gesto, casi lo lanzó, pensaba en la piara de su padre cuando le dejó el último plato.

—¡Adiós!

—¿Cómo que adiós?

—Me marcho, esa ha sido tu última cena,

—Tú no vas a ninguna.

Lo miró con odio, de repente todo aquel sentimiento de furia acumulado durante años decidió salir por su mirada.

—Pero, María, anoche… fue como…

—Anoche fue el principio del fin, desgraciado, vete de putas cuando acabes de hozar. Eso se te da muy bien, animal.

Ni siquiera dio portazo, la rabia se quedó dentro, ahora la esperaba el piso seguro, la calma, la paz, el miedo a vivir estaba encerrado tras aquella puerta, tardó quince años, la cerradura de nuevo hizo clac, pero esta vez fue para abrirse.

—Bellísima, como siempre. ¿No dices nada?

—No, lo soy, lo estoy, no es nada nuevo.

—¿Quieres pelea? Este no es el sitio adecuado, lo haces mejor en otros.

—No, sencillamente me marcho.

—¿Perdona? Tú no me dejas aquí, tira.

—Cariño, ves el movimiento de mis piernas, mis caderas, lo estoy haciendo.

Y en un rápido giro levantó el dedo que marca el corazón ante un público atónito y con una media sonrisa más que estudiada gritó:

—¡Ciao, bello!

Se recompuso como pudo, elevó la barbilla, llamó al camarero, pidió una copa antes de cenar, pero aquella noche tuvo que abandonar su lujosa carroza, estaba tan ebrio que le tuvieron que introducir en el taxi y llevarlo a su casa.

—Te han dejao tirao, hermano.

—¿Qué pasa?, ¿tienes ganas de bronca, hermano?

—Pero si va el barrio lleno, la María se ha largao y te ha dejao, espera, ¿cómo me han dicho?, ¿hozando? Ja, ja, ja, como los guarros, primo, como los guarros.

—Hijo de…

—¿Qué pasa?, ¿no es verda o qué? Te han puesto en tu sitio.

—¿Qué mierda? Eres primo, si tú cuando te llama la tuya te vas temblando.

—Yo me voy, pero a mí no me dejan hozando. Ja, ja, ja, ja. Vaya cachondeito se llevan hoy las señoras en el mercao. Yo de ti no pisaba, come en el bar.

Cuando pudo abrir los ojos sintió que su cabeza estallaba al menor ruido, no recordaba cómo llegó a casa, intentó incorporarse, como pudo se acercó a la ventana, bajó la persiana, el sol le cegaba demasiado, vio la nota y las llaves de su coche, una somera explicación, bebió demasiado, le habían llevado a casa. En ese instante recordó aquellas caderas insurrectas balanceándose hacia la puerta, más gráciles que nunca, disparando más deseo a los que las miraban, fueron suyas, ¿dónde estaban? De repente, escuchó una voz, se giró, era la radio, siempre sonaba a esas horas para despertarlo, parecía la voz de Claudia. ¿Qué hacía allí? Ella no… no podía ser, el abandono le hacía imaginarlo, el abandonado en público. Sonó el teléfono.

—¿Qué pasó anoche amigo?, ¿te abandonaron?, ¿se te ha sublevado el harén?

—Qué envidioso eres, veo que las noticias vuelan, suele pasar cuando te rodea la envidia.

—Pues no sé, pero en mi cama hay alguien que quiere saludarte, creo que anoche balanceó las caderas diciendo adiós con el restaurante abarrotado y pendiente de sus estupendas nalgas. Por cierto, amigo, una maravilla.

—No está ahí contigo, tiene mejor gusto.

—¿Hola, Carlos? Claro que estoy aquí, para variar necesitaba estar con un hombre. Ciao, bello.

-Los dos sois unas ra…

No dio tiempo a más, el teléfono emitía un ruido desconocido para él, alguien osó a colgarle el teléfono y esa voz en la radio.

—Eres igual que ella.

La arrancó y la lanzó contra la pared con todas sus fuerzas, el choque retumbó en su cabeza, se tumbó en la cama boca abajo.

—Me encantan tus palabras sin sentido, dices un montón de cosas y nunca dices nada, no te comprometes, tienes miedo.

—¿Qué dices? Estoy aquí contigo.

—¿Realmente estás conmigo? No paras de mirar el cacharro ese, a todas horas pendiente de tu cohorte, ¿qué les dices hoy?, ¿que estás estupendo?

—Tú eras parte de esa cohorte.

—Sí, pero o di un paso adelante... Maldita la hora, un año llevo de lazarillo.

—No estoy ciego, no necesito lazarillo.

—¿De verdad?, ¿ves más allá de tu pito? Imposible, tu mente a ratos acaba en ti, a ratos en tu pito y lo más alejada en tu nariz.

—¿Ahora no te gusta mi nariz?

—Pero porque pierdo el tiempo. Lo dejo, Juanjo, no tienes remedio, me niego a ser tu planeta.

—¿Qué dejas qué?

—Tú lo has dicho, de ahí no pasa, a ti, Juanjo, a ti. Luego llora un rato que tu cohorte te lamerá las heridas.

—¿Qué cenamos hoy?, ¿has pensado algo?

—Sí, cariño, sí. En otra vida te respondo.

Era un rostro conocido, articulista, poeta, bohemio, más interesante que atractivo, pero la cámara le adoraba, le encantaba salir en los medios y flirtear de continuo con sus seguidoras. Así llegó Silvia a su vida y por ese motivo decidió salir, él era un rostro sonriente para el resto que se convertía en un alcohólico depresivo cuando cerraba la puerta de casa, dos caras, dos vidas, un infierno el que vivía Silvia.

—Señor, el tercero de momento sigue vivo, ha llegado al hospital, han conseguido soltarle las manos del cuello, respira.

—Pobre diablo, quizá sería mejor para él no haberlo contado.

—Pero podrá decir algo.

—¿Viste su mirada, García?, ¿crees que podrá decir algo creíble?

—Yo no sé, señor, pero mejor vivo, ¿no? Algo contará.

Tres mujeres sonreían mientras intercambiaban ropa y se daban consejos de maquillaje, parecía que se preparaban para una fiesta.

—¿Qué pasa hermano?, ¿sigues dando tumbos?

—No doy nada, tomando una cervecita.

—Y cenarás, ¿no? Porque en tu casa, no te veo yo dándole a los fogones.

—Lo dejarás algún día.

—La verdad es que no sé, son muchos años de aguantar tu chulería.

—Vete a las faldas de tu mujer.

—Yo al menos tengo faldas, ¿tú qué?, ¿al club de la Sorda?

—Anda, Pedro, pon la tele que dan la serie esa, a ver si este se calla o se larga.

Tres mujeres se miraban al espejo, se sentían orgullosas, sobre todo de sus sonrisas.

El príncipe destronado se sirvió un whisky, el día que aquellas caderas marcaron la salida del restaurante abrieron paso al resto, el miedo desapareció de muchos rostros que ya solo respetaban los resultados, dicho balanceo movió los cimientos de esa torre de marfil gigante y el príncipe con cara de cansancio, demacrada por las horas de enfrentarse a los sin miedo, apretó el botón del mando a distancia, empezaba su serie favorita, pronto se resolvería el final del misterio.

—Pablo, una copa.

—¿Otra?

—Estás estresado, creo que la necesitas.

—Silvia no me invitaba a beber, me apartaba del vino.

—Yo no soy Silvia.

—Se nota.

—¿Me voy?

—Sí, prefiero la tele, no quiere acabar conmigo, anda, lárgate.

Otro hombre, otro barrio, otra ciudad, otra televisión, otro mando a distancia… la misma serie.

—Señor, ha escrito una nota.

—¿Qué dice?

—Ha sido ella, ella… ella está en todas partes, en la radio, en el espejo, en la almohada, en la cena, en las otras. Ha sido ella.

—¿Ha aclarado quién es ella?

—No, señor, solo escribe ella, ella, ella, tres veces ella, y en otra línea vuelve a empezar.

Un restaurante de moda, tres estupendas mujeres lucen hermosas sonrisas, se miran cómplices, una de ellas levanta la copa.

—Queridas amigas, éramos tres mujeres sin vida, tres mujeres sin futuro, tres mujeres que un día compartieron un plan.

—Por nosotras, tres mujeres con una idea triunfadora.

—Tres mujeres que hoy son *Tres veces Ella*, la serie de más impacto del año en la televisión, la nuestra.

EL ÚNICO ELIXIR

En un rápido movimiento le dio la vuelta al cuerpo de su amante y se situó sobre él, ahora era su presa, pero era una presa fácil. No oponía resistencia, su particular guerra llevaba unas horas de asaltos y ataques entre sus cuerpos.

Horas antes empezó como una lucha en la que ambos bandos pretendían desarmar al contrario, llegaron a la habitación tanteando las fuerzas del otro, palpando y apartando los primeros obstáculos para acercarse, dedos cargados de deseo que desabrochaban botones, labios que exploraban el campo de batalla, miradas que recorrían el territorio a conquistar.

Entre los dos solo había silencio, no era momento de palabras, sus cuerpos componían la sinfonía del placer y del deseo, sus miradas indicaban al oponente dónde se desarrollaría la próxima lid, a veces sus fuerzas se emparejaban y entonces se desataba la guerra abierta, dando y recibiendo sin descanso, hasta que durante unos instantes sus cuerpos en una convulsa comunión alcanzaban aquel cielo tantas veces invocado y compartían el elixir de la vida para luego yacer agotados meditando por dónde empezar la próxima batalla.

—Ha llegado ya el informe.

—Gracias, Patricia, imprímelo, por favor, ya sabes que prefiero trabajar sobre papel.

—Toma, lo tenía, son años.

—Es verdad, a menudo se me olvida que eres la mejor, disculpa.

—No se te olvida en los momentos importantes.

—Anda, tráete un café para ti y otro para mí y charlamos un rato antes de pelearme con el puñetero informe.

—¿Cansada?

—Pero no de trabajar.

—Bueno, de eso también diría yo. ¿Has vuelto a las andadas?

—Sí.

—¿Serás capaz de no volver a dañarte?

—Conoces mis capacidades, Marta. Es un juego peligroso, lo sé, pero es mi juego, a menudo pienso que debería dejarlo, lo hago y de nuevo regreso porque me asfixio sin él.

—No sé qué es peor, la tristeza de tu mirada en su ausencia o tu mirada ansiosa en su presencia.

—En ningún caso es vida, pero es la mía, un camino de vacíos que voy llenando con momentos en los que pierdo la consciencia y me emborracho del único licor que puede saciarme.

—Ten cuidado.

—Lo tengo.

—Eso dijiste la última vez.

Los brazos de su amante se extendían hasta abrazar el cabecero de la cama en un gesto involuntario que mantenía su corbata usada como arma principal en aquella nueva contienda, ella con lentitud ocupaba el territorio con una suavidad inusitada en sus maneras, tenía al enemigo bajo su yugo. Sin embargo, se entretenía en un juego sin asestar el golpe definitivo, parecía querer llegar a la batalla final conquistando palmo a palmo ese terreno que se le antojaba de una belleza acaparadora, dejando sus sentidos en un éxtasis permanente ante cualquier nuevo descubrimiento. No obstante, no le era desconocido, en múltiples ocasiones paseó sus deseos por aquel valle donde perdía cualquier intento de controlar ese derroche de instintos que, con solo pensar en cada contorno, sentía en sus noches, cuando la ausencia se desplomaba sobre su cuerpo dejándolo inerte, suspendido en un espacio donde faltaba el calor que daba a sus movimientos la razón de existir.

—Los datos son favorables, la tendencia marca crecimiento para los próximos meses, parece que en nuestro caso podemos dejar atrás los malos momentos.

—Entonces, ¿por qué tienes cara de cansada?

—Lo sabes, no preguntes.

—Más noches de ausencia.

—Todas las noches son de ausencia.

—Déjalo de una vez, acabará contigo.

—¿Comemos juntas?

—¿Vas a dejarlo?

—Hoy sí.

Y recorriendo aquel cuerpo que se le ofrecía en un movimiento atado al éxtasis, llegó a ese estado de lujuria donde ambos se encontraban y perdían cualquier atisbo de cordura, sus labios se lanzaron a saborear en busca del aquel elixir capaz de hacerle olvidar el camino trazado, sucumbió en la búsqueda y llegado el momento en que se les entregaba, ambos exhalaron de sus cuerpos el placer recibido en gestos y sonidos que en breves instantes se transformaron en un silencio solo roto por el aliento que perdido en un instante de gloria solo trataba de encontrarse de nuevo a sí mismo.

—¿Estás conmigo?

—Claro.

—No lo parece. Estás con él, ¿quién es él?

—Nadie.

—Todos somos alguien.

—Él no, siempre quise que fuese nadie.

—¿Por qué?

—Porque si es alguien, llegará el amor, la ternura, el sufrimiento.

—Ahora también sufres.

—Solo de deseo.

—No te entiendo

—Es fácil, no echo de menos sus palabras, sus sonrisas, sus promesas, sus gestos, sus mentiras, sus problemas, su vida. Solo echo de menos su cuerpo.

—¿Dónde está la diferencia? Le echas de menos.

—A él no.

—¿Y es distinto?

—Sí, ese dolor se puede saciar con otro cuerpo, el de él no.

—Realmente quieres que siga siendo nadie.

—Sí.

—¿Y él?

—Nunca se ha quejado.

—Si no conociera tu otra vida te tomaría por loca.

—¿Qué otra vida?

—La que compartimos, la de correos, estudios de mercado, presentaciones, viajes, convenciones, discursos, éxitos…

—Esa no es vida, es trabajo, es el medio que justifica el fin.

—¿Qué fin?

—Poseer a nadie, tenerlo y hacerlo mío cuando quiero con una simple llamada

—Pero no le pagas.

—Pero el poder que derrocho sobre el resto me da el poder sobre él.

—El placer te lo da el sentirte poderosa.

—Y dueña de mi destino.

—¿Y las noches?

Cerró la puerta, encendió la luz y miró el vacío que acampaba libre por su casa, pensó en Patricia, su secretaria, su amiga, su confidente; tenía razón, demasiadas noches la soledad se apoderaba de su reino secreto, donde con la luz reinaba el deseo y con la sombra reinaba demasiadas veces la soledad. Se fue quitando la ropa y dejándola caer por el camino a su suite, abrió el grifo, dejó caer el agua caliente, prendió las velas, vaporizó su perfume preferido y se sirvió una copa.

Entró deslizándose, dejándose atrapar por la calidez del agua, llevada en volandas por los aromas que desprendía la estancia y que manaban de su copa, con lentitud se tumbó, dejó reposar su cabeza, la música sonaba, envolvía todo, cerró los ojos y se dejó llevar.

Unas manos parecían de repente aferrarse a sus caderas y atraparlas, la sensación era tan real que quiso concentrarse en ella para no perder el escalofrío que recorría su espalda, casi podía sentirle, su imaginación la llevaba a él, a nadie, a ese ser de encuentros donde la locura se apoderaba de cada estancia de aquella casa; las manos se aferraban fuerte a su cintura, le pareció que se movía y chocaba contra otro cuerpo preparado para poseerla en ese instante en el que estaba totalmente desarmada, pero no había nadie, como cada noche cerró la puerta, se aseguró de conectar la alarma. Sin embargo, esa realidad la atrapaba, casi empezó una lucha contra nadie, quería escapar de dicha situación, mas no podía abrir los orbes, se defendió, usaba las uñas para atacar a aquel ser que ocupaba su bañera, aquellas manos que sin ser invitadas estaban protagonizando una escena de pánico envuelta en líquidos y sólidos que desprendían aromas, músicas que no recordaba tener y respiraciones entrecortadas.

Buscó fuerzas donde creyó que no le quedaban, solo quería abrir los ojos, se quedó dormida en la bañera, tenía que despertar, ella estaba sola, su casa la arropaba de noche y la protegía de la luz del día, oyó el maullido de Isis, su gata, ella también parecía tener su propia batalla, los maullidos eran cada vez más enervados, sus esfuerzos por despertarse de la pesadilla más vanos, las manos que la aferraban más fuertes y *El anillo de los Nibelungos* tomó la noche por completo, ni siquiera gritar servía de nada. Se dio por vencida, despertaría, pero, ¿y si se ahogaba? Podía resbalar con lentitud, de nuevo intentó moverse, luchar, pero no podía, sentía cómo dos garfios la sujetaban, tomaban ya posesión de su cuerpo y cuando iba a entregar la bandera de la derrota, casi sin intentarlo separó los párpados.

Nadie. Se levantó, en sus caderas las marcas de la lucha se reflejaban en el espejo, en su rostro restos de pánico, en su mente cansancio, en su cuerpo deseo. Cogió la toalla, se secó, apagó dos velas y empezó a extenderse la crema en un movimiento sensual, acarició aquella piel misteriosamente lastimada, observó su reflejo, contempló sus miembros como solía, le gustaba hacerlo, se sentía orgullosa de su piel, la acarició, sintió el tacto de sus manos, pensaba en las de nadie, dejó la toalla caer, se dirigió al dormitorio, se tumbó en la cama, empezó a imaginarlo, acercó las manos a sus caderas que aún le parecían estar doloridas y únicamente deseó sentirlas de nuevo atrapadas en manos de nadie.

Y DE POSTRE...
NADA

—Mientes una vez más. ¿Cuántas son?

—No te crees nada.

—¿Debería?

—Solo te has quedado con las mentiras.

—¿Pero hubo alguna verdad?

—Ahora todo es nada.

—No, ahora no, siempre ha sido nada.

El metro se acercaba al andén, los murmullos de muchas conversaciones se mezclaban con los silencios y los libros competían con la música aquel lunes gris, María andaba en silencio, pensaba, más de lo que hubiera deseado, su mente no podía parar de recorrer esos tiempos, se sentía perdida en un océano de interrogantes hacia ella misma que era incapaz de contestarse, se recostó en la pared, la semana estaba saludando y ella sentía ya el peso de un viernes a sus espaldas.

—Bésame.

—¿Más?

—Mucho.

—No te cansas.

—De ti no,

—Yo de ti tampoco, ¿nos retiramos?

—Falta el postre.

—Se me ocurre uno mejor.

—Bésame.

Desaparecieron entre besos y manos, perdiéndose en lo ajeno, despreocupados de las miradas del resto de comensales entre atónitas y envidiosas.

Se ajustó el cuero, le gustaba el momento de vestirse para el trabajo, siempre pensó que ese traje negro le favorecía, ajustaba sus curvas, abrazaba su piel como no le dejó hacer a nadie, envolvía parte de su rostro y ocultaba las manos con las que acariciaba.

—María, acércame las gafas.

—Sí, señora.

—Hoy te toca la plata.

—Sí, señora.

—No olvides que viene mi hijo a comer, compra algo especial, ya sabes lo que le gusta.

—Sí, señora.

—¿Vas a decir algo más que «sí, señora»?

—Sí, señora.

—Anda, vete, que me estás poniendo…

—Sí, señora.

Salió rápido de la oficina, ella lo esperaba, era solo media hora, no podía permitirse más, pero era su media hora, la que cada vez anhelaba más, se agarraba a ella para resistir el peso de su vida y mirarla tan hermosa, con ese cuero que luego acariciaba su piel, bueno, no era así, pero a él le gustaba imaginarlo, era ella, o fue ella o podía ser ella, su piel era suave como dicho cuerpo.

—Vas a confesar.

—No tengo que confesar nada, lo sabes, se acabó.

—Me marcho, no lo entiendo, no lo acepto.

—No, me voy yo. Me cansé de pensar que siempre dependería de ti.

—Nunca te hice sentir así.

—Eso crees tú. Me cansé de pedir dinero, de no tener nada que realmente me perteneciera.

—Lo tenías todo.

—¿Qué todo? ¿Tu todo?

—Nuestro todo.

Abrió la puerta, él no podía verla como deseaba, pero veía lo suficiente, ella no quería ver más, solo dejar atrás sus frustraciones y empezó el ritual, la discusión de horas antes le dio el tono que necesitaba, se sentía poderosa y su segunda piel la hacía creer dominadora de aquellos que entraban en su reino.

—La comida está lista para ser servida, señora.

—Mi hijo se retrasa, lo entretendrán en el despacho.

—La puedo meter en el horno.

—Sí, haz algo, María, sé que no es culpa tuya, pero…

Abrió la puerta, el señor venía raro, tenía una mueca entre dolor y felicidad en la cara, se movía casi con torpeza, lo miró, pero su mirada era cómplice, él agachó la cabeza y entró en el salón, besó a su madre.

Esa tarde no necesitaba trabajar más, los ingresos se incrementaban día a día, semana a semana, mes a mes, y era consciente que en un tiempo, no demasiado, podría dejarlo si le apetecía, tendría lo suficiente para vivir su vida, la que le habían y se había negado, ya no quedaba nada oculto, pensó en todos los años de mentiras, hubo momentos duros, de duda, mas ahora le parecían justificados, ahora era ella, quería ser ella, se erigió en el centro de su universo, a ratos se culpabilizaba por su egoísmo, otras se premiaba por su valentía, sacrificó mucho, pero también ganó mucho.

—María, retira el plato del señor, parece que hoy viene saciado. —Madre, no se enfade, los problemas, ya sabe.

—No sé, hijo, pareces raro. ¿Te duele algo?

—La espalda, la tensión.

—Déjame que te miro y te pongo

—¡Ni se le ocurra, madre!

—Tranquilo, no hace falta gritar.

—Pues no se inmiscuya tanto, es solo cansancio.

—Es lunes.

—Para mí es igual que un viernes.

Se hizo el silencio entre los dos, Carmen le miraba entre el desprecio y la indiferencia, él no sabía cómo enfrentarse a aquella mujer que de repente desconocía, ¿quién era?, ¿qué la llevó a esa otra vida oculta?, ¿en qué falló? Quiso darle todo. Si hubieran tenido hijos, pero ella ni siquiera llegó a sugerirlo nunca, desde el principio vivió en la mentira y si no era tan poco el tiempo de engaño, y si…

La puerta de la habitación se cerró tras ellos, empezó el baile para el que se prepararon en un coqueteo intermitente los últimos meses, ella estaba comprometida, pero a menudo decidía ignorarlo demasiado consciente de su belleza y del deseo que producía en los hombres, le gustaba aquel juego, sabía que en unos meses se terminaría, pero ahora el tiempo le pertenecía, era todo suyo y decidió jugar, bailaron entre caricias y salvajes mordiscos de deseo, besos, dedos que arrasaban la piel amiga y contraria a la vez, recorrieron con sus cuerpos todos los rincones de ese habitáculo que solo llevaba sus nombre por una noche y al amanecer ella se desvaneció, su cuerpo tatuado de deseo ajeno, su mente inventando una excusa más, algo por contarle a él y a ella misma.

—María, ¿tú no ves raro a mi hijo últimamente?

—Señora, yo estoy a lo mío, no me fijo.

—Te he visto mirarlo, María, es un hombre atractivo.

—Y casado, no los miro, señora.

—A mi hijo sí, no me niegues lo que he visto.

—Sí, señora.

—¿Vas a volver a empezar?

—No, señora.

—A parte de sí y no, ¿dirás algo más? Y claro, señora…

—Necesito el trabajo.

—Sí, lo necesitas, intenta ver qué le pasa a mi hijo, yo soy mayor, ya no entiendo muchas cosas.

Llegó a casa, decidió que ella se marchaba, lo hizo con el suficiente tiempo y ya tenía dónde vivir, eligió un pequeño apartamento amueblado, cerca del trabajo, eso le permitiría descansar si tenía huecos en la agenda entre clientes, algo que cada vez sucedía menos y pese a que la agotaba, también le permitía ver más el fin de todo aquello, en el futuro seguiría ejerciendo, pero solo por el placer que le daba sentirse poderosa.

—Has vuelto a ir.

—Te dije que sin ti seguiría yendo.

—Vas a estar sin mí.

—¿Por qué?

—¿Por qué? Trabajo, vida, casado.

—Si tú das un paso, yo…

—¿Tú qué?

—Yo doy el mío.

—Qué galante, las damas primero. Tu madre me ha dicho que averigüe qué te pasa. No mires con esa cara, dice que ella es mayor y se le escapa, pero que te pasa algo.

—¿Sospecha de nosotros?

—¿De nosotros? ¿Qué nosotros? ¿Una noche en un hotel? No, de ti.

—De mí que…

—¿Qué? No podías moverte hoy al entrar, te crees que es tonta. Ha notado mis miradas y las tuyas, ha notado que algo raro te pasa y no es conmigo, yo estaba aquí, tienes que hacer algo. ¿Te has visto la espalda?

—Sálvame, solo tú puedes.

—¿Yo? La asistenta de la madre del todopoderoso señor salvándole, ¿de qué?

—Ella se marcha.

—¿Otro viaje?

—De casa.

—¿Se lo has dicho?

—Ella ha dicho.

—¿Y?

—Estaba tras la máscara.

—¿Qué máscara? ¿De qué hablas?

—La descubrí hace un año,

—¿Antes o después de nuestro único nosotros?

—Antes.

—Entonces yo…

—Al principio rabia, mentiras pagadas por mentiras.

—Juguete…

—No, María, eres atractiva, eres dulce, eres sexy, tú solo con tu mirada de deseo cada vez que cruzo esa puerta me das lo que jamás ella me dio.

—Pero vas donde no debes.

—Donde no debo esta ella, estaba ella, empecé por investigar, por querer ver con mis ojos lo que sospechaba, ella nunca ha sabido que estuve allí y luego...

—¿Luego qué?

—Me sentí culpable, sentí que merecía mi castigo y ahora no sé por qué me sigo castigando, por favor.

—Entonces ella es, ¡ella!

—Shh, mi madre va a oírte.

—Me marcho, es mi hora, estoy agotada, esto es de locos, necesito pensar.

—Te llamo luego.

—No.

—Lo haré.

—No contestaré.

—Fue ella.

—¿Ella? ¿Y quién la empujó?

—Por eso me castigo.

—Por eso te equivocas.

María llegó a casa aún más agotada, creía que era imposible, pero no, era real, la historia giraba en su cabeza, la sangre no se apartaba de su retina, se agachó en el baño, necesitaba vomitar, llevaba unos días que casi no comía, su cuerpo lo rechazaba todo, sentía hacia él una repulsión que acababa en ternura, aquella confesión, la señora, ¿Qué le diría? Se desnudó, despacio, entró en la ducha, miró de nuevo su cuerpo, se sentía orgullosa de él, incluso en aquellos momentos atraía todas las miradas, el agua lo quemaba, pero necesitaba sentirlo limpio, no la tocó desde aquel encuentro en el hotel. Sin embargo...

—¡María, estoy en casa! ¿Estás ahí?

—¡En la ducha, Pedro!

—¿Qué cenamos?

—Yo nada, hazte lo que quieras.

—¿Yo?

—Sí, tú.

—Pero, María, ¿te has vuelto loca? Anda, dime qué hay de cena.

—Tú eliges verdades o mentiras.

INVOLUNTARIO OLVIDO

Era un edificio gris, la pesadez del hormigón definía su presencia, lo miró, era su primera vez. Sin embargo, un frío intenso al verlo recorrió su alma, no le apetecía entrar, pero tenía que hacerlo.

—¿Cuántos metros dice que tiene?

—Cuarenta y cinco.

—Parecen menos.

—No son muchos, pero están bien distribuidos.

—Me lo quedo.

—Bueno, Juani, ya sabes, tienes que traer la reserva y los documentos.

—Es un poco viejo, pero con un poco de pintura…

—¿Quieres pensarlo?

—No, me lo quedo,

Entraron observándolo todo, los suelos, los techos y solo estaban en el portal, no hacían preguntas, solo miraban, entraron en el ascensor, generalmente hablaba mucho con los posibles inquilinos, pero este no era el caso, dos frases cortando su incipiente conversación fueron suficientes, si querían silencio les daría silencio, escudriñaron el ascensor como si fuera su última morada, era lo único nuevo del edificio, lo instalaron con un programa para ayudar a los más ancianos, llegaron al cuarto, abrió la puerta, les guio con las frases necesarias; dos habitaciones, comedor, cocina, baño y terraza, grande para los sesenta metros de piso. Ella se asomó, por un instante creyó que caería al vacío, casi hizo el gesto para evitarlo, de pronto se giró.

—Nos lo quedamos.

—Perfecto, son…

—Lo sabemos, lo dijo antes.

—Deberán traer primero la documentación necesaria y el dinero de la reserva.

—Vamos ahora, lo traemos todo.

Hablaba lo justo, casi se podría decir que contaba las palabras necesarias para no desperdiciar ninguna, los dos eran grises como el edificio, pero sí eran solventes. Ella no vivía allí y quizá no eran raros, solo silenciosos, pero ni siquiera entre ellos conversaban, solo se miraban.

—No te sigas riendo, por favor, no puedo más.

—¿Yo? Eres tú la que no para, me duele el estómago.

—Qué cañera eres.

—Qué ratos, hija, si no fuera por estos.

—Tienes razón, María, me encanta visitarte, le das alegría a este edificio tétrico.

—Clara, ¿tétrico? Viejo, triste…

—Es tétrico, María, hay algo en él, no sé, siempre que vengo tengo un mal presentimiento, solo le faltaban esos… Bueno, ahora está también Juanita, ¿la ves?, ¿cómo le va?

—La veo poco, al principio vino un par de veces, ahora nos cruzamos en la escalera y charlamos, pero visita más al músico.

—¿Al músico? Pero si es una ruina.

—No me seas vieja, Clara. El chico tendría sus problemas, pero desde que está ella parece otro. Hasta sus padres viene a visitarle.

—Qué buena eres, María, tú siempre ves lo mejor de todos.

—Hasta de ti, mi querida Clara.

—Si no fuera por tu luz.

—Anda, vete, que aquí ya no tienes nada.

Dos días después de la no conversación daban de alta los servicios y les montaban los muebles. Sin embargo, el único sonido que se escuchaba era el de martillos y otras herramientas, algunas palabras de los montadores y si acaso el débil ruidos de sus movimientos al cortar el aire.

—Ya estamos aquí, tienes lo que querías.

—No, solo estoy al principio.

—Exigiste este principio y lo tienes.

—No lo exigí, yo tenía que hacerlo, podías no haber venido.

—Siempre se interpuso.

—No, tú la interpusiste, tú y tus juegos sin sentido. ¿Acaso crees que no sé que sigues jugando?

—Ya no está, porque seguimos.

—¿Dónde está? No pasaba un día sin unas palabras, incluso después de todo aquello.

—La perdonaste, a mí, sin embargo…

—No te confundas, no la perdoné, me daba pena.

—¿Ella a ti? Eres increíble.

—No, yo soy lo que siempre fui. Tú sí que eres increíble. ¿Por qué no te marchas? ¿Por qué insistes? ¿Por qué has venido? Está todo dicho. Estás borracha, de alcohol, de rencor y de venganza, no se puede hablar contigo.

El sonido de un taladro ahogó las últimas palabras y de nuevo con el fin del dialogo entre aquel instrumento del diablo, el mueble y la pared se hizo el silencio. La música subía desde el bajo, la vecina feliz cantaba mientras regaba sus plantas, era menuda, pero siempre irradiaba una alegría que la hacía inmensa, casi sentía envidia, se miró reflejada en el cristal de la terraza, se veía opaca, el dolor que irradiaba ni siquiera dejaba pasar a la luz que subía del bajo y se frenaba al llegar al muro de su terraza, hasta esa luz se resistía a acariciarla. Sin embargo, era lo que más necesitaba, pero nunca la encontraba.

Que hermosos fueron sus primeros encuentros, en el primero los nervios de los dos eran hasta divertidos, como se rieron después de ellos mismos, entonces cualquier excusa era buena para reírse, acariciarse y empezar un nuevo juego. Era el tiempo en que regar las plantas terminaba en una ducha conjunta en el patio y unas sábanas empapadas minutos más tarde, tiempos en que desayunaban en la cama y la bandeja hacía equilibrios con el café para acabar en el suelo o con ellos en una ducha sin prisas, cada día era domingo, ponían el despertador antes para tener su fiesta particular cada mañana. Aquel tiempo ahora le parecían siglos. No obstante, era solo unos meses atrás, antes de que la otra se interpusiera entre sus cuerpos. Dio otro trago a la botella, ya ni siquiera se tomaba la molestia de servirse en un vaso.

—Te marchas.

—Me marcho, unas cuantas veces me has echado desde que se colgó el primer cuadro.

—No debiste haber venido.

—La oscuridad te tiene atrapada, perdona y vive.

—¿A mí?

—A ti. Lo digo en serio, lo nuestro ya no tiene remedio, pero me da pena y miedo el futuro al que tú misma te has abocado.

Cerró la maleta, se marchó y detrás de él, aún sin quererlo, se fueron ellos.

—¿Han llamado a mi nieta?

—No está ya su nieta.

—¿Como que no? Vive en el edificio nuevo, el de los juzgados, mi nieta se instaló y hace más de tres meses desapareció.

—Señora, no hay ningún edificio nuevo en los juzgados.

Me gustaban tus caricias. Sin embargo, antes de poder acostumbrarme, nos habíamos marchado, tu música me atrapó desde el primer instante, fuiste tú el que con ella mostraste el camino hacia todas y cada una de las noches en que tu casa quedó muda de notas para llenarse de suspiros y gemidos, yo me refugié de otra historia, de una de esas que sabes que no van a acabar bien, te embarcas en ellas consciente del naufragio y quizá por ellos sobrevives porque te subes a cubierta con el salvavidas puesto, aunque duelen, duelen menos, la culpabilidad mitiga el dolor de los ya no besos. Pero estabas tú, tu música, tu whisky añejo, tus silencios y olvidé pronto el estúpido naufragio en el calor de tu cuerpo, pero cuando parecía que la varita me tocó de nuevo, nos desvanecimos y esta vez no había nada con qué mitigar el dolor propio y ajeno.

—¿Como que no? Paso cada mañana en mi paseo.

—¿Qué paseo? Usted no sale de aquí hace tiempo.

—No estoy loca.

—Nadie dice que esté loca, está cansada, duerma un poco, hablaré con el médico.

—No me gustan los médicos, llame a mi nieta.

—Lo sabe, no puedo.

—Tiene ahí un teléfono.

—No hay teléfonos donde está su nieta.

—Tráigamela, por compasión.

María escuchaba la conversación al otro lado de la puerta casi sin poder impedir que las lágrimas asomaran por sus ojos, cada día le costaba más cantar. Sin embargo, no quería dejar de hacerlo, la música era su luz; recordó una nota, un ritmo, unas palabras y sin saber por qué, pensó en Clara, pobrecilla, qué terrible enfermedad, tan joven y condenada al olvido.

—¡Tráigamela!

Corrió a la habitación de Juana, intentó calmarla sin éxito, le inyectó una dosis y llamó a los médicos.

Todo empeoró en las últimas semanas, cuando un año atrás le dijeron que su nieta y su novio, el músico, habían muerto atropellados por una conductora borracha, se negó a creerlo, la seguía llamando, la seguía pidiendo.

Con el último golpe se desplomaron las últimas paredes de aquel edificio gris, triste, sin vida, mas repleto de desvelos.

María sentó a Juana en una silla, tenía permiso del médico, la llevaría a dar un paseo por el recuerdo, sería doloroso, pero no había más remedio.

—Vamos, Juana, hoy daremos un largo paseo.

—¿Dónde me llevas, María?

—Ahora lo verás, hace sol, vamos a disfrutarlo un poquito.

Cuando llegaron frente a lo que un día fue el edificio, solo había un solar lleno de ruinas, de restos.

—Juana, ¿reconoce dónde está?

—¿Por qué lo han tirado? ¿Y mi nieta? ¿Dónde irá ahora? ¿Y sus cosas? Era nuevo.

—No, Juana, no era nuevo, lo construyeron antes que los juzgados y mírelos, son muy viejos. Las cosas de su nieta las tiene usted, ¿no lo recuerda?

—¿Yo? ¿Por qué?

Y María enfrentó el momento, sabía que tenía que hacerlo, acercó la silla a un banco y se sentó.

—Juana, me va a escuchar un ratito, por favor, no me interrumpa y no se ponga nerviosa. ¿De acuerdo?

—Como digas, hija, pero….

—Juana, su nieta vivía aquí y el músico también, eso lo recuerda usted bien, venían a verla todos los sábados, el músico era el novio de su nieta, ¿lo recuerda ahora?

—Sí, sigue, hija, sigue.

—Un sábado por la tarde, pronto hará un año, salían para ir a visitarla, pero no llegaron, la vecina del primero salió de garaje y en vez de frenar, se abalanzó sobre ellos… No tuvieron oportunidad, el impacto fue muy violento.

—María, ¿qué me estás diciendo?

—Juana, su nieta y su novio murieron, usted no pudo ir al entierro, cuando le dieron la noticia se desplomó y desde entonces está con nosotros.

—¿Y el edificio nuevo?

—Su mente ha vuelto al pasado, ha vuelto atrás, a cuando usted era joven y recuerda el edificio nuevo.

—Y ella, la asesina, ¿dónde está ella?

—La detuvieron, iba borracha, está en la cárcel, nadie se hizo cargo.

—¿Y el marido?

—El marido la engañó, ella se obsesionó con su nieta, decía que era ella y ni tan siquiera se le parecía, no fue un accidente, les esperaba…

—¿Puedo ir a ver a mi nieta?

—Ahora la llevaba.

—¿Tiene flores?

—Yo se las llevo cada semana.

—¿Tú?

—Clara y yo.

—¿Quién es Clara?

—Mi amiga, cuido de ella, le pasa como a usted, no recuerda…

—María, ¿tú no vivías ahí donde mi nieta?

—Sí, en el bajo.

—¿También te fuiste?

—Después del atropello, vivo en otro bajo, no muy lejos. Me gustan los bajos si tienen patio y les da el sol, no me gusta el ascensor.

—¿Sigues cantando?

—Cada día menos. Hemos llegado. Aquí está.

—¿Me dejas sola?

Tras unos minutos casi eternos, la anciana le hizo un gesto, se acercó.

—¿Y él?

—Con ella, sus padres lo quisieron así, dicen que fue el único tiempo en que fue feliz.

—¿Ellos no vienen?

—Se marcharon.

—¿Y Clara?

—Clara es mi amiga.

—También lo era de Juanita.

—Sí, también, ya le he dicho, vive conmigo.

—¿Se marchó del edificio nuevo?

—Sí, se marchó.

—Y si todo el mundo se marcha. ¿no me puedo ir yo con ellos?

AMANECERES

—Afortunado al que miras, pero no está aquí.

—Tienes razón, me perdí un poco lejos.

—Una pena, no te está mirando.

—Pero ahora yo a ti sí, eres mi centro de atención, lo has conseguido.

—Pero a mí no me miras como a él.

—A ti no te pienso, te sonrío.

—Soy Carlo.

—Soy Sara.

—¿Con quién estas?

—Con mi mirada, pensaba, imaginaba, recordaba, leía, anotaba en mi mente.

—Me siento.

—Porque no es un sitio público, a plena luz del día y no te pareces demasiado al Jack "El destripador" que mi mente ha creado.

—Qué amable, no soy un psicópata y asesino en serie. Gracias por el cumplido.

—Disculpa, como has dicho pensaba, estaba fuera y me has traído de repente.

—Disculpados los dos, yo por entrometerme en tu momento, ¿me aceptas una copa como disculpa?

—A estas horas una copa no, pero un café con hielo…

—Pues que sean dos cafés con hielo para empezar.

—Tú tienes más cerca al camarero.

—No se lo merece, mejor, no te merece.

—¿Quién? ¿El camarero?

—Te gusta jugar.

—Y no sabes cómo.

—Peligroso.

—Depende, controlo bien mis cartas.

—Pues la que pensabas te dejó sin escalera de color hace tiempo.

—No te he dicho que jugara esa mano.

—La jugaste y aún hoy la estás perdiendo.

—Te gusta el juego.

—Los jugadores, bueno, no todos, algunos.

—¿Y yo te gusto?

—De ti me gusta todo, la jugadora, el juego, la partida perdida y el as que escondes y que no está en tu manga.

—No llevo, demasiado calor.

—Demasiadas partidas, diría yo.

Estaban jugando o mejor ya no jugaban, sus cartas cambiaron de manos demasiadas veces, envites, gestos vacíos, señales mudas, demasiadas partidas para tan pocas miradas.

—¿Te diviertes?

—Ya no, al principio era mejor, no sabíamos dónde irían tantas manos.

—¿Ahora lo sabes?

—No, sigo sin saberlo y justo eso es lo que me cansa.

—Nunca te prometí nada, ni siquiera te ofrecí nada, ni dije algunas de esas palabras.

—Tienes razón, nunca dices nada que te comprometa y justo eso es lo que me cansa.

—¿Te canso?

—Estoy agotada.

—¿Me marcho?

—En realidad no has estado nunca.

—Entonces me marcho.

—No, tú no te muevas, no sabrías vivir sin esto. Me voy yo.

—¿Ya no recuerdas?

—¿Qué? No me gusta vivir en el recuerdo.

—Los días cuando intercambiábamos palabras como caricias, las noches cuando jugábamos con gestos, con nuestros cuerpos, con las miradas donde todo estaba dicho, no fue tan malo.

—No, incluso diría que las noches fueron muy buenas, pero hay vida más allá del cuerpo.

—¿Qué quieres decir?

—Me cansé de jugar al escondite. ¿Dónde estaban tus días?, ¿dónde tus mañanas?

—No puedo darlo todo.

—Lo sé, y yo quiero todo o nada.

—¿Por qué?

—¿Por qué no?

—Siempre te pierdes en lo absoluto, peor te agarras a ello, no puedes desearlo siempre todo.

—Siempre quiero el todo de lo que tengo, no me gusta ser una parte, solo un postre, un bocado o un sorbo. Déjalo, ¿recuerdas? Me marchaba.

—No te vayas.

—No quisiste beberte toda la copa.

—Y si ahora la quiero.

—No la quieres, te gusta saborear algunos tragos.

—No, aún no, déjame dar el último.

—¿Para qué?

—Me volveré loco sin los sorbos a tus caderas, sin los bocados a cada instante donde tu cuerpo se me entrega, quiero saborearte siempre.

—¿En tus noches?

—¿Cuándo mejor?

—Adiós.

El todo se apoderaba de aquel fin de semana nacido de la nada más absoluta, cuando sus pensamientos la devolvían a aquellos momentos de adiós, a las indecisiones que la tuvieron durante demasiado tiempo amarrada a un puerto de noches de una luz de plata ardiente que se apagaba con el sol.

En ocasiones, quizás en demasiadas ocasiones se dejaba arrastrar por la piel, por los colores que de repente pintaban su vida y no se hacía más preguntas. Amaba, aunque fuera un breve instante, no creía que amar fuera algo más eterno que el tiempo en que ese amor quería seguir viviendo, sin más análisis que la ternura, el deseo, las palabras no pensadas, los instantes de cómplices sonrías y miradas, el todo de placeres que alimentan cuerpo y alma, de caricias, descubrimientos, aromas y olores, labios que muerden y acarician, bocas en gestos de deseo, manos que ríen en un cuerpo donde reposa esa eternidad de amor que a veces solo dura unas horas.

—¿Cuándo nos tomamos el primer café?

—El viernes.

—¿Desde entonces cuántos?

—Menos que besos, menos que copas, más que ocasos y que mañanas.

—Me gusta, podías haber dicho simplemente, seis o unos cuantos, pero dibujas un mundo en cada respuesta.

—Me encanta trazar cada instante, esa sensación de que soy yo quien decide, ese color, ese fondo o ese brillo, aunque de repente sin explicación surgen luces o manchas, y no sabes cómo ha sido, pero te miras y te preguntas, ¿qué hago aquí?

—Y ahora te lo estás preguntando.

—No, eso fue antes, tras el segundo café cuando decidimos cambiar de bar y dejé que abordaras mi cintura.

Se quedó en silencio, escuchó la fuerza de la puerta cerrándose y se dio cuenta que entendió demasiado tarde. Empezó a pensar en sus primeras palabras, en sus primeros alientos, en sus primeros rocíos; era invierno y cuando el frío de primera hora de la mañana más acechaba se marchaba, la dejaba sola y ni siquiera él sabía el motivo. Miró a su brújula imaginaria con resentimiento, la maldijo por errar tantas madrugadas el camino, se levantó y con pasos que arrastraban mil y un errores se dirigió a un espejo, se miró, su sonrisa ya no estaba, se escondió tras el ruido del portazo, ya no había regreso, esta vez se superó, le pareció que el espejo se burlaba, le devolvió una mueca, le dio la espalda y se arrastró al silencio de aquella habitación abandonada.

—Y ahora donde estás, he abordado tus caderas, tu cintura, tu mirada, tu sonrisa y cada centímetro de tu vida, de tu cuerpo, de tu casa.

—Dibujando leves trazos, con tientos, con miedos… garabatos de pasión, con rojos, púrpuras, naranjas, siluetas de ilusiones magentas, verdes, incluso blancas.

—Me dibujas.

—Te describo, te incluyo, te diluyo, te resigo, te remarco, te…

—¿Me amas?

—¿Amarte? No, aún no, te deseo, te espero, no quiero que te vayas, te imagino y te sueño aun teniéndote en mi cama.

—¿Eso no es amor?

—No, todavía no. ¿Y tú?

—Si te amo, quieres saber.

—¿Me amas?

—No sé, quiero amanecer contigo siempre, ¿eso es amor para ti?

—No sé si es amor, pero siempre no puedes saber lo que querrás para siempre, mas me encanta que cada mañana sea siempre, yo también quiero ese siempre.

—¿Por qué te gustan las mañanas?

—Porque no las tuve.

—¿Por eso las piensas?

—Las pensaba.

—Pero aún vuelves a ellas.

—A veces, ya sabes.

—Aún está, sigue en tu juego.

—No, está en la pila de las cartas desechadas.

—No, yo soy tu póker, pero no has desechado la pareja.

—Ha amanecido, ámame y deja las cartas.

—No puedo, no me gusta ser el joker.

—No está, no eres el comodín de nadie.

—Sí está, aún está en tu mirada. Te dije que me gustaban los jugadores.

—¿Por qué preguntas?

—¿Por qué respondes?

—Voy a amarte, ganaré esta partida.

—Hazlo, dame malas cartas.

No podía vivir, ya no tenían sentido sus mañanas, dejó de sentirse prófugo y perdió el camino, no sabía no huir de nada. Sin embargo, un sentimiento le pedía constantemente buscarla para esposarse a esa mujer que adoraba, echaba de menos su mente, no encontraba su cuerpo por más que probaba, conocía otros, los exploraba, jugaba con ellos, pero no, no estaba.

Sonó el teléfono, no era un buen momento, amanecía y como cada día disfrutaban de esos instantes antes de separarse, les gustaban sus noches y sus días, ella quería lo que no tuvo, él quería ganar la partida.

—¿Quién es? No son horas.

—Soy yo, te gustaban estas horas.

—¿Quién es yo? No tengo ganas de juegos.

—¿De verdad? Diría que estabas jugando.

—A estos, no a otros. ¿Quién eres?

—¿No me recuerdas?

—No, voy a colgar.

—No cuelgues, te marchaste, pero dime dónde estás y voy.

—¿Alejandro?

—Sí, dime, te lo ruego, ¿dónde estás?

—Está amaneciendo, no es tu momento, huye, es lo que mejor haces.

—Esta noche te llamo, esta noche.

—No, no llames nunca. ¿Por qué ahora?

—Es tu hora, no te encontraba, te busqué en todas, no encontré nada.

—Es tarde.

—Pero está amaneciendo.

—Demasiados amaneceres tarde.

—¿Dónde estás? ¿Dónde te encuentro?

—Busca en tu noche, busca en tu huida, no me busques, ahora soy nada.

Colgó el teléfono y una sonrisa placentera que seguía respondiendo a las caricias de Carlo se iluminó con más fuerza.

—¿Quién era? ¿Era él?

Lo miró y su sonrisa compitió con los primeros rayos de la mañana, se incorporó despacio, le acarició el pelo en un gesto que casi olvidó, le besó los labios con dulzura, descendió por su cuello y siguió besándole y acariciándole. Él estaba quieto, no hablaba, casi no podía respirar, de repente descubría sensaciones anheladas por su alma, sentía su cuerpo coloreado de nuevos matices, mientras los labios de Sara ascendían de nuevo regalándose y regalándolo en cada instante y empezaron a jugar muy cerca de su oído.

—Te amo.

—¿Era él?

—Te amo.

—Ha salido el sol, ¿me marcho?

—Quédate, quiero todas y cada una de tus mañanas.

SUEÑOS TRAS LAS REJAS, SONRISA SATRAPADAS

De repente el desierto se apoderó de sus almas, pero se instaló sin amaneceres ni ocasos, sin Haimas, sin paseos por las dunas, solo la tierra yerma se acostó abarcándolo todo y sin saber cómo, ya no sentían nada.

Las barricadas habían caído una a una como sus sueños, todas las ilusiones puestas en la lucha se marcharon en una larga hilera de dolor que cruzó los Pirineos cogida de la mano del miedo, la tristeza y una sensación de vacío que deja el alma repleta de esa arena del desierto que se instala a cada paso con la pena y que a ratos impide respirar más allá de la propia supervivencia.

Ellos decidieron quedarse, el miedo a lo desconocido ganó al miedo a una represión que sabían segura, pero no se habían significado demasiado en los tiempos de lucha, defendieron las barricadas con uñas y dientes, sintieron caer las bombas sobre su ciudad y permanecieron en los refugios cuando fue posible, salvaron sus vidas, al menos físicamente, pero el pánico se apoderó de ellos con la caída de la ciudad, la derrota de la mitad del país y un mundo, que ya se apoderó de todo por la fuerza y que iba a sumergir sus almas en otro mundo que no querían ni podían entender y al que les abocó sin remedio.

Mariona apenas tenía veinte años, su padre era un obrero más de aquellas fábricas tan cerca del mar y tan alejadas de él por la miseria y por el humo, cuando se unió a la lucha la aplaudió y juntos compartieron más de una noche tras sacos, muebles viejos y trozos de otra vida que parecía haber quedado atrás hacía demasiado tiempo.

Joan tenía veinticinco, trabajaba con su padre y antes del inicio de aquella locura fratricida le había pedido permiso para cortejarla. Era moreno, con unos profundos ojos marrones y una sonrisa que desarmaba a cualquiera, pero que no surtió efecto en aquel enemigo que bombardeó, acosó y avanzó por la ciudad sin piedad ninguna por aquellos que la habitaban.

Era finales de abril, la derrota se apoderó del espíritu de los perdedores, de aquellos cuyos sueños iban a permanecer encarcelados durante décadas. Ahora tocaba la reconstrucción, de vidas, de calles, de casa, de fábricas, pero era difícil mirar a un futuro incierto y oscuro mientras los camiones se dirigían al "campo de la bota" donde muchos vieron la vida por última vez y donde otros ponían fin a sus palabras con balas.

—Mariona, hija, vamos, llegaremos tarde.

—No quiero ir, me quiero quedar con la yaya Mariona, ella me cuenta historias, tú no.

—Mañana hay colegio, el fin de semana que viene te quedas otra vez.

—No quiero.

—No hay más discusión, recoges y vienes o no hay fin de semana.

La niña empezó a hacer su pequeña mochila entre lágrimas, la abuela la miraba conmovida, la madre con gesto de enfado.

—Mamá, la mimas demasiado y luego no quiere irse.

—No te confundas, hija, no la mimo, le hago caso; tú tienes tanto que hacer que no puedes, trabajas mucho, la casa y, claro, ella es la última siempre.

—¿Acaso preferirías que viviera como tú, en casa encerrada, sin voz, sin sueños, sin nada, sometida a la ley de tu marido?

—No te mientas, tú sabes que tu padre no era así, los otros, la mayoría quizá vivieran así, pero nosotros no, nosotros tras nuestra puerta nunca abandonamos nuestros sueños.

Mariona recogió cuatro cosas de casa de sus padres, no tenía mucho, poco les quedaba, casi nada. Ese día como era obligatorio el señor cura les casaría, contra todos sus principios, contra todas sus más íntimas creencias, pero tenían que hacerlo. Ella se pondría el viejo vestido de los domingos, lo lavó del polvo de la destrucción el día anterior, le costó mucho plancharlo, la plancha también sufrió daños, no estaba feliz, ni siquiera contenta, solo estaba, se dejaba llevar por los acontecimientos porque así estaba previsto, no tenían opciones, se amaban, sí, pero aquel era el único de sus sueños que no estaba entre rejas. Sin embargo, se conformarían con vivirlo casi en silencio en una habitación en casa de los padres de Joan.

Llegó a la iglesia, sin flores, sin festejos, los tiempos de hambre y cartillas de racionamiento no permitían mucho, no permitían nada, daba los pasos del brazo de su padre pensando qué hubiera pasado si hubieran cruzado las montañas, pero estaba allí, atrapada en una sociedad encorsetada en los gestos y donde una gran parte vivía atenazada por el miedo y con el estómago vacío. Se casaba vieja, eso le decían con veintisiete años, pero tras la guerra había demasiado por hacer antes de pensar en bodas.

Estaban los justos, los imprescindibles y el señor cura, prescindible para ellos, obligado por los otros, si alguna vez le hubieran pedido que repitiera sus palabras hubiera sido imposible, se pasó la ceremonia mirando al que ya casi era su marido, le sonreía y se lanzaba hacia esos profundos ojos de los que se enamoró siendo una niña, esos orbes que la guiaron camino a los refugios y tras las barricadas, esos que la consolaron tras la derrota, esos en los que tan a menudo se refugiaba de aquella vida que le tocó y que así no quería vivir. Le dio un tímido beso convertidos en marido y mujer, todos juntos fueron al que sería su nuevo hogar, su padre llevaba una maleta con todo lo que tenía, incluido el ajuar, allí compartirían un poco de pan con aceite, sardinas y a lo mejor había un poco de vino para ellos.

—Me llamaste María, por eso soy distinta, por eso mi hija te prefiere.

—Aún sigues así, te llamé María porque no te podía llamar Mariona, estaba prohibido.

—Por eso siempre estoy triste, porque nací prohibida.

—No, no naciste prohibida, naciste de un amor inmenso, pero en un mundo sin sueños.

—Tú viviste en aquel mundo.

—Pero yo conocí los sueños, conocí la lucha por ellos.

—Pero te los quitaron.

—Pero seguí teniéndolos, en mi espíritu siguieron creciendo y cuando pude, me uní a los que como yo no los habían tenido. Sin embargo, tú te acomodaste.

—No podía luchar por lo que no sabía.

—Podías, yo intenté siempre crearlos en tu mente. pero tú…

—¿Yo que?

—Preferiste un marido seguro, un piso seguro, una vida segura. Todo en ti es seguro y sin riesgos, hija.

—Me marcho.

—Puedes darles la espalda, pero no huirás por eso de ellos.

—¿De qué estás hablando?

—De ti, hija, pero no quieres entenderlo.

—Vamos, Mariona, ¿tienes la mochila?

Y pese al sabor a sardina, la tristeza de muchos, el vacío de todos, aquella noche se amaron y se amaron mucho, porque tras aquella vieja puerta de madera decidieron no renunciar a sus sueños. Habían firmado los papeles sin quererlo, besado el anillo de aquel que los abandonó, fingido una creencia, añorado lo que un día planearon. Sin embargo, cerraron la puerta y tras ella quedó la pesadilla que día a día vivirían durante años mientras la luz del sol no les dejara quedarse a cubierto.

Mariona y Joan siguieron trabajando en la fábrica, querían irse a su casa y al menos allí tener las puertas abiertas, dejar que el aire mezclado con el pesado humo de las fábricas entrase por su ventana y les trajera algo de aquel mar que enfadado le daba la espalda a su ciudad, dejar que aquel sol que casi les dañaba en los paseos silenciosos del domingo se colara a hurtadillas y estallara en su pequeña isla de libertad, donde las palabras expresadas en voz alta no pudieran hacerles daño.

—Mamá, es viernes, vamos, vamos.

—¿Dónde vamos con esa prisa, Mariona?

—A casa de la yaya Mariona, nos quedó una historia pendiente, tiene que terminarla.

—Estás castigada, ¿recuerdas?

—No, recogí la mochila y dejé de llorar, no estoy castigada. ¡Eres mala!

—¿Quién?, ¿yo?

—Sí, tú.

—¿Por qué me castigas siempre?

—Yo no te castigo, eres tú, que siempre estás triste y eres mala; quiero ir a casa de yaya.

María nació en el cuarenta y siete, cuando muchos ya ni siquiera preguntaban si podían tener hijos, pero esos muchos no sabían que ellos lo planearon, podían prohibirles casi todo, pero no todo, podían intentar luchar contra las imposiciones a su manera y el nacimiento de María, a la que quisieron llamar Mariona, mas no pudieron, fue uno de los planes que no les fueron truncados.

Cuando nació la niña ya vivían en su piso, un pequeño piso de dos habitaciones, viejo, pero limpio, ellos mismos lo pintaron, allí de noche tejían sus sueños y se amaban sin las reglas de nadie, allí no disimulaban sus pasiones, porque no tenían casi nada, mas tenían los más importante, un amor que no decrecía, sino que con los años cada vez era más intenso, quizá porque alimentarlo era el único deseo al que podían aferrarse y que podían cumplir, porque solo era de ellos.

María fue la realidad nacida de sus pasiones, el ser que nacía de aquel amor intenso, el regalo que quisieron darse cuando tenían dónde jugar con ella. Sin embargo, pese al empeño, pronto se dieron cuenta que María no crecía como ellos dibujaron en sus noches, charlando muy bajito, mientras ella crecía en el vientre de su madre. Quisieron que fuera a la escuela, querían que leyera, que estudiara, que tuviera más oportunidades. También sabían que le enseñarían cosas que ellos no querían, que tendría que hacer la comunión e ir a la iglesia, pero ellos le contarían las verdades cuando pudiera entenderlas. No obstante, aquel plan erró y aunque lo intentaron, fue demasiado tarde.

Creció metida en la iglesia, aunque ellos le inventaban oportunidades y excusas para que no fuera, era ella la que quería ir.

Y así la vida de su hija en la que habían puesto tantas ilusiones fue siempre una vida anodina, estudió, pero a regañadientes, ella decía que las chicas de su clase aprendían costura, cocina y cómo tratar a un marido, no cosas en los libros y aunque con su decisión perdieron un trocito más de sus sueños, no la obligaron, suficientes imposiciones tenían ya. María buscó pronto un marido, se casó joven, huyendo de ellos como un día ellos pudieron haber huido y la dejaron marchar.

Pero la vida les guardó dos buenas noticias juntas, en un mismo año nació su nieta, también María, pero a la que poco más tarde pudieron llamar Mariona, como la llamaban en casa y todo porque fueron abuelos el mismo año en que el dictador se despedía y su dictadura alzaba la mano para ir diciendo adiós.

—Vamos, Mariona, iremos a casa de la yaya, así dejarás de reprocharme todo el rato.

—¡Gracias, mami!

—¿Ahora soy mami? ¿Ya no soy mala?

—Mama, tú no eres mala, pero siempre estás triste. ¿Por qué no sonríes nunca? Ni cuando estaba papá sonreías.

—No le nombres, ya no está.

—Si sonríes a lo mejor vuelve.

—Déjalo, hija, vámonos.

De regreso a casa, María se sentó con su soledad y su tristeza, pensó en su madre y en su hija, las dejó cómplices y muertas de risa en la vieja cocina de la que fue su casa, no podía evitar sentir unos celos inmensos de su madre y de su hija, no por sus juegos, no por sus historias, por su sonrisa. Luego pensó en su marido, la abandonó antes casi de poder hacerlo legalmente, se fue con otra mujer, dijo que no la buscó, pero que harto de la amargura de su vista reflejada cada día en su vida, sin sonrisas, sin sexo, sin palabras; un día alguien le mostró que había otra vida y simplemente se dejó llevar de aquella mano.

Se levantó, se miró al espejo, empezó a trabajar tras quedarse abandonada, fue entonces cuando pudo usar aquello que con tanto amor sus padres le dieron, pensó en sus compañeras de trabajo, con ellas tampoco compartía nada, las respetaba y la respetaban, pero era la única extraña.

Se giró en un impulso y se fue al estante donde estaban los álbumes de fotos, los guardaba todos y tenía fotos desde niña, empezó a buscarse, empezó a buscarla, pero en todas esas, de todos aquellos años apenas si encontró alguna sonrisa y en cada caso parecía forzada.

—Yaya, ya hemos hecho la pócima y, ¿ahora qué hacemos más?

—Hay que probarla.

—Pero, yaya, que tiene sopicaldo y yo odio la sopa.

La yaya Mariona sonrió en un gesto amagado a su nieta, se recompuso y con voz grave dijo:

—Las brujas buenas tienen que probar sus pócimas, no hay excusas, pero antes déjame que yo, la gran bruja madre, le de mis últimos trucos secretos que algún día te enseñaré.

La niña puso una mueca de asco y la abuela en un rápido gesto cambió el mejunje que prepararon por una limonada fresca bien regalada de azúcar, como a ella le gustaba.

—Ya está, solo quedan las palabras mágicas. Repite conmigo, diente de sapo, ojo de león, nariz de regaliz y jugo de limón.

—Vamos, yaya, a probarla que hay que vencer el conjuro de las brujas malas.

En ese instante se abrió la puerta, era María, se quitó las gafas oscuras con las que siempre cubría su rostro, los ojos estaban enrojecidos por muchas horas de llanto, todas desde que las había dejado la noche anterior, miró a su madre y esbozó una sonrisa, la practicó y casi le salió, no dijo una palabra, las miró y se abrazó a las dos, tras unos minutos que a la abuela le parecieron un instante y a la nieta eternos, las dejó de nuevo respirar. Otra vez sonrió y esta vez la sonrisa era más amplia, sin ensayos, casi en silencio empezó a musitar unas palabras a las que poco a poco les fue dando volumen.

—Perdonadme por teneros abandonadas, perdonadme por no amar lo suficiente, perdonadme…

—No, hija, no pidas perdón, solo sonríe.

—Pero madre…

—He esperado tu sonrisa todos estos años, con eso me basta.

UN CUERPO EXTRAÑO, UN TACTO CONOCIDO...

El calor se apoderaba de los cuerpos en aquel verano en que las temperaturas parecían querer batir su propio récord una jornada tras otra. Sin embargo, para Lucía, las mañanas transcurrían plácidas en un mar que la abrazaba tras la soledad de sus noches donde aquel calor infernal se apoderaba de su cama, de sus sueños, de su música, de sus palabras.

Se giró con lentitud, sentía una presencia a la que no estaba habituada, miraba sin querer ver, pero vio una espalda que no recordaba, volteó el rostro en un juego extraño, pero la espalda seguía ahí, una leve respiración en estado de profundo reposo meció sus pensamientos, sin resistirse al impulso la tocó, acariciándola y aquel tacto le devolvió una historia, de pronto sintió de nuevo aquel sabor, percibió el olor y los colores, pero le faltaba el rostro, aquel que se ocultaba no solo de su mente, ahora lo hacía también de su mirada, entre aquellas sábanas, besando a la almohada.

Se levantó despacio, era su habitación, era su casa. No obstante, por unos instantes pensó en ponerse guantes para no dejar huellas, se ocultaba de ella misma cuando la costumbre la situó delante de la máquina del café, como cada mañana, preparando un expreso y el mismo movimiento autómata la paseó por el baño, saludó al espejo con cara de pocas horas de sueño e hizo que su mano cogiera la taza; galletas al horno, sin azúcar, con fructosa, sin galleta, café fuerte, cigarro, extraño.

—¿Interrumpo?

—¿El qué?

—No sé, tu vida.

—No, ¿qué te pasa? Estas horas, tú, un festivo… ¿Te han echado de la cama?

—Sí.

—¿Cómo que sí?

—Está el.

—¿Qué él?

—No sé.

—¿Cómo que no sabes?

Empezó a besarle con lentitud, esperó demasiado tiempo aquel momento, quería construirlo despacio, contempló aquellos ojos que tantas veces miró en instantes eternos sin que le devolvieran la mirada, le acarició los labios sonriendo y de nuevo volvió a besarlos, los deseados día a día, los soñados cada noche y alzando de nuevo su vista para asegurarse de la realidad de ese encuentro, le acarició el pelo y sentía tanto deseo en hacerlo suyo y hacerle sentir que casi no era consciente que aquellas manos que tanto recorrieron vacíos imaginando su cuerpo, ahora lo recorrían para presentarse, para conocerlo.

—No sé.

—¿Has tomado algo?

—¡Martina! No tomo nada, lo sabes, un par de gin tonics como siempre que salga. Nada.

—Lo sé, pero no lo entiendo, ¿cómo que no sabes quién es? Tienes a un hombre en tu cama y no sabes quién es.

—No te he dicho que sea un hombre.

—Lucía.

—Sí, es un hombre, pero no te lo había dicho.

—Te estás superando, toma más café, seguro que no sabes quién es.

—No lo sé, no sé, sí sé quién es, no le veo el rostro, respira, pero no se mueve, yo ahora no sé.

No podía dejar de besarlo y acariciarlo, deseaba aquel cuerpo como jamás nunca deseó otro. Sin embargo, amaba tanto al ser que lo habitaba que quería ser dueña más allá de esa piel recorrida en noches infinitas hasta la saciedad, quería sentir todo de cada milímetro de aquel que ahora por fin abrazaba, pero el miedo a perderlo se apoderaba de ella.

—Vale, empecemos, ¿dónde fuiste anoche?

—Lo de siempre, cena, copa, baile, nada nuevo.

—¿Dónde?

—A los bares de la playa.

—¿Y…?

—Luego hablamos.

Lo miraba fijamente, se recreaba en cada rincón de esa geografía tantas veces coloreada en mapas imaginarios, no quería perder ni siquiera un segundo de aquella respiración a la que amoldaba la suya, sus manos modelaban aquel amor tantas veces pensado que casi parecía querer convertirlo en barro para retenerlo siempre, quieto, a su lado. Sin embargo, no era eso lo que en realidad deseaba, porque amaba su alma, quizá lo que hubiera detenido era aquel tiempo que segundo a segundo caía en forma de arena y resbalaba por sus pieles escapándose de sus vidas.

—Soy yo otra vez.

—¿Qué?

—Nada, se movió, creí que iba a verle.

—¿Y…?

—Nada, sigue igual, falsa alarma.

—¿Y si hago que se mueva?

—Quietecita estás tan guapa.

—Si fuera por ti estaría en un museo.

—Claro, ahora la culpa será mía,

—No, pero parezco…

—Lucía, pareces lo que pareces; repasa la conversación. ¿Tú lo ves normal?

—¿Yo soy normal?

—Generalmente más que hoy.

—Ganas.

—No es cuestión de ganar. ¿Sabes siquiera hacia dónde vas?

—No, no sé, Martina, yo…

Y por un instante creyó que detuvo ese tiempo, justo en el momento en que dejó la cabeza reposando en su pecho, cuando sus corazones aún agitados eran la música de aquel atardecer rindiéndose en naranja, cuando sus dedos se perdían jugando con el pelo de ese sueño que quería acariciar para siempre. Repasó en silencio, casi soñándolo de nuevo las últimas horas, cuando sus miradas se cruzaron, sus sonrisas se iluminaron y sin decir nada, un mundo de palabras en silencio se transmitió entre sus mentes y sus dedos se comunicaron entrelazándose en silencio, después todo les condujo a aquel espacio de tiempo que quería hacer infinito, convertirlo en piedra para fijarlo en la historia para siempre, en su historia.

—Para un poco, siéntate a pensar, descansa, valora, encuentra.

—No puedo, duele.

—Duele cada vez más porque no lo haces, por favor.

—No sé si quiero, no sé si puedo, no sé si algo vale la pena.

—Mira a tu alrededor, ¿de verdad crees que no vale la pena? Tienes tanto conseguido con tanto esfuerzo. Sin embargo, con el derroche llevado al límite te estás exponiendo.

—¿Exponiendo?

—La gente habla.

—Me da igual la gente.

—No olvides, en parte vives de la gente.

—Gente, ellos me empujan a esto.

—¿Ellos o tú?

«Tú eres lo único que quiero en esta vida», eran palabras susurradas solo para ella, seguía temiendo que se le escapara de entre sus brazos y recordó el miedo que siempre la atenazó en todos los momentos especiales de su vida, ella y el tiempo libraron siempre una batalla, su fugacidad la atormentaba en algunas ocasiones y en otras las horas eran una losa que la asfixiaba y casi sentía que no la dejaban crecer.

Con lentitud volvió a trepar sobre su amor, despacio, casi como si al contacto con su cuerpo pudiera fundirse en aquella fugacidad y desaparecer. Le sonrió, le besó repetidamente recorriendo sus contornos, fronteras que unían cada espacio de aquel mundo que de nuevo iba a conocer en un nuevo viaje, con paradas en estancias conocidas y que contemplaba como la primera vez, reteniendo el sabor que no olvidó y que insistía en paladear, dando bocados a cada obra que sus manos esculpieron segundos antes, afrontando cada paseo por aquel universo de sentidos como si fuera desconocido a pesar de haber dejado antes en él sus huellas.

—¿Yo? ¿Vienes?

—¿Ahora?

—Cuando no esté.

—Avísame.

Se despertó sobre la mesa, las teclas del ordenador habían dibujado su sueño, se levantó y en un movimiento mecánico se dirigió a la cocina, empezó a preparar el expreso, mientras en vez de esperar mirándolo, fue al baño, se miró al espejo, tenía cara de haber dormido poco. Sin embargo, le devolvió la sonrisa con que le saludaba, en aquel instante se sintió hermosa, la felicidad que expresaban sus ojos se reflejaba en ese artefacto que demasiadas veces nos devolvía los defectos, el café la llamaba, pero pasó por su habitación, seguía dormido, también sonreía, le dio un beso suave, no quería despertarle, caminó hacia el brebaje que día a día bebía y ya sin misterio le daba las pilas que agotaba noche a noche, cogió la taza, las galletas que no eran galletas y se sentó en el ordenador para repasar el trabajo de aquella madrugada.

—¿Ahora?

—Cuando no esté.

—Avísame.

—Martina, ven.

—¿Ya no está?

—Tengo miedo, no ha estado nunca.

REFLEJOS DE VIDA

Se sentó borracha de olvido en un taburete de un bar cercano a su casa, demasiados días, demasiadas noches, demasiado tiempo desde que compartieron la última copas. Sus ojos se habían secado, las lágrimas huyeron y se escondían ya de una luz cansada de brillar que noche tras noche se colaba tras las persianas que permanecían casi cerradas todo el día, no había luz en su alma y no quería luz en su vida, se aferraba a la oscuridad dejando pasar los días sin sentido, solo a ratos una pequeña luz la impulsaba a seguir con su trabajo que podía realizar desde aquel destierro al que se condenó.

Se acercó la copa a los labios, casi paseándola, sin ganas de beber, solo quería ahogarse una vez más en aquel brebaje que noche tras noche pedía al mismo camarero, él noche tras noche se lo servía y se alejaba unos metros, luego la observaba como sin ganas se obligaba a injerirlo, era su medicina diaria. Salía cuando todos entraban, andaba un par de manzanas y entraba en un bar, pedía cada noche la misma copa, la tomaba añorando los días en que ese mismo sabor embriagaba sus penumbras de pasión que ahora eran solo un recuerdo y de nuevo saboreando aquella amarga copa viajó a aquellos instantes.

Un día tras la copa, en un estado de lucidez transitoria, vio su rostro, sonreía y le devolvió la sonrisa, así entre algunas sonrisas y algunas palabras, se acercaron, quizá demasiado pronto, quizá demasiado tarde, pero se acercaron lo suficiente.

—¿Me permites invitarte?

—Solo tomo una.

—¿Seguro?

—¿Perdón?

—Disculpa, empiezo de nuevo, ¿puedo invitarte a la que estás tomando?

—Puedes.

—¿Vienes a menudo?

—Cada día.

—¿Sola?

—Sí.

—¿Hablas poco?

—Cuido mucho.

—¿Te molesto?

—No.

—¿Conversamos?

—¿Acaso no es lo que estamos haciendo?

—Lo conseguí, has dicho más de dos palabras.

—Sí, y soy capaz de decir más.

Los dos sonrieron y siguieron charlando tranquilamente, sin citarse, al día siguiente de nuevo compartieron copa y charla, sus almas se fueron abriendo a la vez que las persianas de aquella casa oscura cerrada a la luz y a la vida día a día, casi sin más excusa que la vida misma.

—¿Salimos una tarde?

—¿Por qué no?

—¿Me dejas planearla?

—Claro.

—Mañana a las cinco te recojo.

—¿Algo especial?

—Solo diré una cosa, ponte cómoda, iremos andando.

La llevó con los ojos vendados desde que salieron de su casa, era una sorpresa, le pidió el fin de semana y ella sin dudarlo iba a entregárselo, tras un tiempo que le pareció algo más de una hora, el coche paro, pero no, aún no podía ver donde estaba, la ayudó a bajar de él tras unos minutos que se le hicieron más largos que aquel viaje a oscuras, casi una premonición de lo que vendría.

Anduvieron unos metros, el ruido de una puerta abriéndose, la brisa y el olor del mar eran las únicas pistas para ubicarla en algún

rincón de un mundo que deseaba.

—Todavía no, dame unos minutos, luego puedes quitarte el pañuelo y seguirme.

Contó unos minutos mientras la música se apoderaba de la casa y acallaba el rumor de las olas que la acunaban en aquel momento de excitación.

Se quitó el pañuelo dejándolo caer, el paso de la oscuridad a la luz la dejó turbada unos segundos, pero el sol que entraba tímidamente a través de las ventana fue poco a poco dando forma al espacio en el que se envolvía y empezó a ver un camino de orquídeas que siguió, de él no había rastro, llegó a unas escaleras que subió despacio, la ansiedad desapareció, temblaba, la situación se apoderaba incluso de los latidos de su corazón, se deslizó despacio entre las flores, por un instante se sentía casi atrapada en una tela de araña de la que no sabía si quería salir.

Llegó a una habitación teñida de blanco, una inmensa terraza daba a un mar que le apetecía probar, no había nadie, abrió la puerta, notó la brisa acariciándole el rostro, ni rastro de su hombre, miró a los lados la playa, estaba desierta, vio la escalera y empezó a despojarse de la ropa que como las orquídeas marcaba el camino seguido o a seguir, se acercó a la orilla, el agua estaba fría, pero le apetecía sumergirse en ella, entró despacio, sintiendo cómo desaparecía poco a poco el calor de la pasión que unos segundos antes la tenía atrapada, dejo que las olas la abrazaran lentamente pese al dolor que provocaba aquella temperatura en todo su cuerpo, cerró los ojos y se escondió bajo aquel manto salado que parecía protegerla.

Se dirigió hacia la casa presa de un frio que con premonición le heló hasta el alma, recogía la ropa que dejó de señuelo a su amante desaparecido y al llegar se dio una ducha caliente que borraría el sabor a sal del mar que la poseyó y de las lágrimas que derramó. Al salir fue más consciente de su soledad, se tumbó en la cama cubierta de flores y juntó los párpados.

Sentía una mirada paseando por cada rincón de su cuerpo. Sin embargo, no quería abrir los ojos, temblaba, pero ya no era de amor o de pasión, una inquietud se apoderó de sus sentimientos, no sabía dónde estaba, solo recordaba el frío del agua de aquel mar desconocido apoderándose de su cuerpo, de su mente y la soledad de aquella inmensa cama de dos en la que se sentía postrada, abandonada, sola. Mas no podía parar de sentir los interrogantes que alguien proyectaba sobre su cuerpo desnudo y muy despacio abocada por un deseo de saber, de sentir que poco a poco la conquistaban, fue abriéndolos, miró hacia la presencia que la poseía desde hacía un rato. Él estaba allí, observando en silencio.

Los dos siguieron en silencio, ella amordazada por un sentimiento entre el miedo y el deseo. Él impertérrito, mudo, con una mirada que no expresaba nada, parecía uno de aquellos rostros. ¿Cómo los llamaban en clase de arte?, ¿hieráticos? Sí, era nada, era de piedra, frío, distante, advirtiendo, pero, ¿de qué? El miedo avanzaba ganando terreno, seguía mirando en silencio, quería gritar, pero era incapaz de articular palabra, pensaba en los ejercicios de respiración que aprendió porque sentía que se ahogaba y era incapaz de parar aquello; silencio, más silencio, un silencio que gritaba insultante su presencia, miedo, mucho miedo aullando desde el interior de su estómago. No obstante, su boca no podía vomitarlo.

—Relájate, no pasa nada, te vas a atragantar.

—No puedo.

—¿Por qué?

—Esta situación me pone tensa.

—Es una ficción.

—Lo sé, pero…

Se levantó con lentitud y se dirigió a una especia de barra de bar que había en la habitación, durante todo el trayecto siguió escrutándola con la vista, que era lo único que la arropaba, pero la cubría con una capa de hielo que ella podía sentir, helaba sus sentidos, le ofreció una copa, sus ojos la contemplaban interrogando y él asintió, estaba gélido y no quería sentir más frío, pero aquella mirada fue una orden.

—Estoy helada.

—Es el aire.

—No, es por dentro, es el miedo. Abrázame.

—Desde que llegamos no he dejado de hacerlo.

Y el silencio cayó como una losa, alargaba cada minuto hasta convertirlo en un torbellino de pánico que arrastraba su presencia en esa ausencia sentada al borde de la cama, era tener entre los dedos la arena escapándose como pequeños cuchillos rasgando aquel pedazo de su vida, casi sentía cómo sangraba y ese líquido rojo que la llenó de vida también la abandonaba mientras sus ojos entre la desesperación y el dolor se cerraban.

—No puedo más, es una tortura.

—¿Por qué?

—¿No lo estás viendo?

—¿Qué tengo que ver?

—Pero, ¿cómo se me ocurrió dejarte a ti hacer los planes?

De repente y cuando ella parecía abandonarse ,por fin se movió para tumbarse a su lado, su rostro reseguía cada poro de aquel cuerpo sumido en un frío que cristalizaba en esa piel cada vez más blanca y casi en un gesto instintivo empezó a acariciarla, recorrió sus piernas para llegar a sus caderas, entreteniéndose en gestos furtivos y poco a poco deteniéndose en el hombro para dibujar unos círculos, llegó al cuello y se quedó unos instantes escuchando, para finalmente reposar los dedos en los labios justo antes de besarla. La cubrió con la sábana, con los ojos llenos de lágrimas le dio la espalda, a ella y a aquella estancia de blanco inmaculado, fría, que lo tenía todo, pero no tenía el calor de nadie ni de nada.

—Ha sido horrible, ¿por qué hemos venido?

—¿De verdad no lo has entendido todavía o prefieres ignorarlo?

—¿El qué? No me gustan las adivinanzas.

—Te amo.

—No entiendo por qué, pero lo sé y por eso mismo, ¿a qué viene esto?

—Sigues sin quererlo ver. Eras tú o casi podrías haber sido tú.

—¿Cómo que era yo?

—¿Acaso no recuerdas cómo nos conocimos?

—Sí, ¿y?

—Ahora podrías ser ella.

—Yo no soy ella, una amargada, una borracha, una olvidada, una…

—Olvídalo, deja que te abrace, yo estoy aquí, no soy raro, no soy frío, podría haberlo sido, pero solo era una película.

Salieron del cine abrazando sus cinturas, él la miraba con una media sonrisa, ella ya le había perdonado, se acercó expectante a aquella boca que la enseñó a respirar de nuevo y pensó en la mujer, la de la película, la que pudo ser ella y un instante de pánico recorrió su cuerpo, mas solo fue un instante, le miró de nuevo, le besó sin implorarlo y más cerca, con más sonrisas e infinitas palabras se fueron alejando del cine y del pasado.

ATRAPADA

—Deja que te tenga entre mis brazos una vez más.

—No te cansas nunca.

Sonrió y la miró cómplice.

—De ti nunca.

—Eres un sueño.

—No, soy real, no te despiertes.

—Siempre pareces asustada.

—Estoy asustada.

—¿Por qué?

—La felicidad siempre se me rompe y yo con ella, y ahora soy feliz

—Le felicidad se rompe a cada instante, no puedes estar viviendo en ella, no temas, va y viene.

—No te vayas.

—Yo no soy tu felicidad, está en ti, vívela.

Permanecieron en silencio, ella acariciaba su pelo y se entretenía componiendo notas por su pecho, él la miraba con una sonrisa melancólica, como si pese a tenerla entre sus brazos estuviera muy lejos y entre cada pensamiento parecía querer acercarla con un beso. —No puedo.

—Claro que puedes, antes podías, ahora también, da un paso, yo te doy la mano.

—Respiro mal.

—Respiras, mírame a los ojos, coge mi mano, da el paso, cruza.

La atrajo hacia sí, con mucho cuidado, sin movimientos bruscos, consiguió que poco a poco diera los primeros pasos, por primera vez en meses lo consiguió, cruzó.

—Bien, ya sabes. tienes que observarlo todo, familiarizarte de nuevo con los colores y los sonidos; hoy intentaremos que el paseo dure media hora.

—Tengo miedo, pero siento tu mano y…

—No voy a soltarte, respira y relaja.

Consiguió aquella media hora de aire, lo necesitaba. Sin embargo, respiraba con dificultad y cuando llegó de nuevo a su jaula, a aquella que su mente construyó para ella, se lanzó al cuarto de los pinceles, llevaba tanto tiempo sin pisarlo. De repente, olvidó la mano que la sujetó, la soltó sin despedirse, la dejó aparcada en otra estancia, cogió un lienzo en blanco y empezó a mezclar colores, lo hizo sin seguir el ritual, sin camiseta vieja, sin poner antes la música que el primer trazo, le dio al play con la primera mancha en el rostro y el pincel entre los dientes, cómo le gustaba aquel olor. Abrió la persiana para darle más luz a su luz y empezó a mezclar aquella paleta de vida.

Permaneció en silencio en el salón, sentado, la observaba mientras daba lentas caladas a un cigarro, no estaba sorprendido, era parte del proceso, pero no esperaba que hubiera tardado tanto para de repente… Sonrió feliz, olvidó la recompensa, el deseo de vivir nacía de ella, se entregaba a su mundo de nuevo y le gustaba observar cómo se movía, aquel cuerpo en movimiento era pura energía salvaje y de él surgían a la vez gestos rápidos e imprevisibles, otros que parecían meditados, los primeros cortaban el aire sin hacerlo sufrir, lo segundos lo acariciaban y así era siempre incluso cuando se amaban, pasaba de un momento dulce a otro salvaje sin mediar tiempo ni palabra, al principio le desconcertaba, ahora adoraba a esa mujer en la que habitaban dos seres tan distintos, pero a los que deseaba por igual.

Pertenecía a un grupo de apoyo a enfermos de agorafobia, él la sufrió y como él otros voluntarios, nadie mejor que ellos conocía el sufrimiento de esos enfermos atrapados en un mundo asfixiante creado por su mente y que no les dejaba avanzar, ese encierro de involuntariedad voluntaria, ese pánico que estaba sentado en su portal adueñado de su vida y de las que los rodeaban, amo de la soledad, de los silencios que día a día se apoderaban de aquellas vidas. Sara en principio debía ser un caso más, un nuevo ser al que tender la mano para cruzar otra vez la vida, a una existencia real más allá de cuatro paredes, ella no le recibió muy bien, el psiquiatra que llevaba su caso acudió a la asociación en una llamada casi desesperada, llevaba casi dos años tratándola sin ningún progreso, casi no pudo averiguar el origen de aquel caso y perdía cualquier esperanza. A Marcos siempre le daban aquellos casos, él vivió 5 años de encierro tras una muerte traumática, fue un caso parecido, casi acabó con su psiquiatra y la asociación, y un compañero con un caso casi igual al suyo consiguieron sacarlo de allí. Ahora era su turno, era el momento de devolverle a la vida aquella segunda oportunidad que le había dado, Sara, con mucho era su caso más difícil y quizá por eso al cabo de pocas semanas rompió la primera norma y se enamoró de ella.

—Hola, Sara, soy Marcos.

—Hola, Marcos, no podrás ayudarme.

—¿Por qué?

—No quiero salir, no necesito nada de lo de fuera.

—¿Segura? Vamos, cuéntame.

—¿Qué quieres que te cuente? —¿De qué tienes miedo?

—No tengo miedo.

—¿Qué pasó?

—Nada, no pasa nada, no quiero salir, con el ordenador lo tengo todo.

—¡Ah! Claro, es el ordenador.

—¡No! Es la gente.

—¿La gente?

—Sí, la gente hace daño.

—¿Yo soy gente?

—Sí, vete.

—¿Te hago daño?

—No, pero me lo harás, seguro, como todos.

Repasaba conversaciones mezcladas mientras la observaba llenarse de pintura, en aquel momento era un arcoíris de colores desde el pelo hasta la punta de aquellos zapatos entre originales y raros. No fue tan fácil, no fue una sola conversación, fueron muchas, durante las últimas semanas casi vivía allí, llegaba temprano y se iba de madrugada, cada hora invertida era al principio la nada, pero poco a poco supo cómo podría entrar en esa existencia presa del pánico al otro, lo primero era saber el porqué, más tarde llegaría el cómo, como dar el primer paso para conquistar de nuevo la libertad.

—Eran ellos.

—¿Quiénes?

—Allí, en el trabajo, iban a por mí, me hacían daño, querían que me fuera.

—¿Qué pasó?

—Todo iba bien, me gustaba, viajaba, trataba con clientes, pero mi jefa se fue y llegó ella, me odió nada más verme, cuando la vi supe que era el final, un escalofrío recorrió mi espalda, me pasa con algunos, es raro ¿no? Bueno, ahora con todos, menos contigo.

—¿Conmigo desde el principio o conmigo ahora?

—Ahora.

Llegar a ese punto llevó muchas semanas y días intensos, empezó visitándola en sus ratos libres, pero cada día permanecía más tiempo junto a ella, se quedaba atrapado por aquella alma asustada, por aquella mirada dulce y retadora a la vez, aquellos ojos día a día mostraban un poco más del ser que quedó escondido tras esa situación de angustia. Un caso claro de mobbing laboral, estaban a la orden del día, generalmente no dejaban secuelas, pero había casos como el de Sara, de tenerlo todo pasó a no tener nada, habían minado su seguridad día a día, hora a hora, hasta que dijo adiós no solo al trabajo, también a la vida.

A Alberto aquellos casos casi le hacían perder el control, no entendía cómo las empresas permitían que cosas así sucedieran y en el caso de los niños, de los colegios, todavía le parecía más sangrante. Sin embargo, la sociedad cubría con un velo y muchas veces tachaba de débiles a aquellos que claudicaron.

Esa noche ocurrieron dos cosas que marcaron su vida desde ese instante, supo el por qué, solo tenía que encontrar el cómo, pero no sería de la forma habitual, porque no resistió más el grito de soledad y la belleza de aquella mirada, la besó y, para su sorpresa, ella no gritó, no le echó, no hizo nada de lo esperado, al contrario, se agarró a él como si fuera el último aliento de vida que le quedaba y lo único que le pidió es que no quería palabras. Se amaron en silencio o mejor sin articular palabras porque parecía que todo el deseo concentrado en aquella mujer durante tanto tiempo explosionaba de repente en su cuerpo y el sonido, la música del amor y del deseo, invadieron un tiempo casi infinito esas cuatro paredes de aquella prisión ficticia, de aquella jaula de la que habría que separar lentamente los barrotes para abrir el camino de salida o quizá en un gesto entre mágico y fantástico, sisarle la llave a la mente que la custodiaba con mano de hierro.

A partir de aquel día los acontecimientos no volaron, el tratamiento de amor no fue mágico, Marcos habló con la asociación, explicó lo sucedido y dijo que seguía con ella a nivel personal, habló con el psiquiatra, para aquel hombre perdido los avances eran tantos que no le importaba el camino, era arriesgado, mucho, un movimiento en falso podía tirar las llaves de la vida a un pozo del que no hubiera posibilidad de extraerlas. Sin embargo, antes de la llegada de Marcos ya estaban allí.

Durante horas la observó pintar mientras él pensaba en aquel tiempo desde que cruzó el umbral para entrar en esa casa; habían transcurrido unos meses y ese día, ese martes, por primera vez salieron, cruzaron. De repente y en uno de dichos gestos que dejaban al contrario sin reacción, dejó los pinceles, se quitó la ropa manchada y la tenía sentada en su regazo, le besaba, le mordía el labio como acostumbraba a hacerlo y le sonreía.

—Quiero mi recompensa.

—¿Ahora?

—Ya.

—¿Y yo?

—Tú me estabas esperando.

—Ah, yo solo espero, tú decides.

—Me gusta ser yo, ¿me dejas?

—Hoy tú, mañana decido yo.

—Mañana tú cuando volvamos, después de pintar.

—Quieres imponerte negociando.

—No, tú eliges.

—No, lo has hecho tú y me encanta. ¿Me sigues besando?

LO NECESARIO

Emprendía de nuevo aquel camino sin retorno, ese en el que dejaba pequeñas dosis de un hoy al que no encontraba como lo soñó, siempre en un esfuerzo por mirar cara a cara al presente que a ratos quería asfixiarla. Sin embargo, ella se empeñaba en abrazar con una sonrisa, demasiado peso en la mochila la tentaba en los últimos tiempos a tomarse un descanso, demasiada vida en su alma la empujaba a dar un paso más, incluso cuando a ratos sentía que casi no podía respirar y se sentía tentada a no hacerlo.

Se sentó en un rincón de su azotea, el único de sombra y se lanzó a los renglones de la historia en la que quería bucear un poco más, no era la primera vez que sus dedos acariciaban las páginas con el mimo que se da a lo que amas, su amor por ella convirtió aquel papel salpicado de tinta en un anclaje al que sus sentimientos se acomodaban sin sentir nada.

Recogió la ropa que quedó esparcida por el suelo después de su última noche, con cada prenda una caricia, con cada tacto el recuerdo de un momento, con cada mirada un rastro del placer obtenido, un sentir efímero acogido con el deseo de llenar la oscuridad de sentidos, de voces susurrantes, de dedos atrapados en la búsqueda de hacer perder la cabeza al otro, de un saborear pieles en una bacanal de juegos para finalizar la partida al alba, cuando los dados nocturnos caen en la cara de la realidad y ese sueño que ha turbado los más íntimos deseos, se desvanece detrás de una puerta con una sonrisa de satisfacción en el rostro, espejo del otro que reposa o al menos quiere hacer creer que lo hace.

Fue por el segundo café, el cuerpo satisfecho, el alma vagando en busca de algún detalle que abriera el camino a un nuevo encuentro. Se levantó tras contar unos pasos al cerrarse la puerta, final de un acto más, inicio de un entreacto tantas veces repetido, tras la ropa pegó un tirón a las sábanas y las dejó reposar de una noche sin tregua en el cubo de la ropa sucia, abrió todas las ventanas, pese al calor, algo de brisa cruzaba las estancias, quería limpiar el aire de la espesura que ocupa cada rincón de los espacios donde la pasión inventada se abalanzaba de esquina a esquina para luego quedarse dormida en un rincón, agotada, como si nunca más pudiera volver a renacer. Sin embargo, al mirarse a los ojos, las dos sabían que habría otra noche más, otras noches más y la siguiente sería la próxima.

—Quiero verte.

—¿Tú?

—Yo.

—Como lo has conseguido, no te di nada.

—Me diste todo, no te proteges lo suficiente. ¿Voy? —Ven, he comprado vino.

—¿Está frío?

—Lo necesario.

Aquel entreacto amenazaba con repetirse, sus pasos podían oírse ya en el pasillo, una última mirada fugaz al espejo, lo consiguió, de nuevo podría eliminar a la soledad una noche más y esta vez conocía al jugador, aunque le apetecía cambiar ciertas reglas del juego.

—Tu copa.

—¿Hoy se trata de…?

—Vino.

—¿Solo vino?

—Bebe, no hay prisa, apenas está anocheciendo.

—Frío, como me gusta; te lo acerco a la espalda.

—El hielo está donde estaba ayer, te espero.

Unas copas más tarde, una botella más reposaba sola en la cubitera, reflejando a través del hielo y el cristal lo que las estrellas observaban mudas, brillante comparsa que desde el silencio acompasaba los movimientos que dos habitantes de la noche se empeñaban por teatralizar por todas aquellas estancias que daban a balcones abiertos donde solo ellas podían ser testigos de los besos, los excesos y las luchas de dos cuerpos en una contienda salvaje cercando los deseos del otro para saciarlos sin más objetivo que ser el amo y señor de cada territorio conquistado, de cada sentimiento sumergido en copas caídas por cada una de las habitaciones ocupadas, todo era válido en aquella batalla, las escaramuzas en el suelo, los asaltos por la espalda, los ataques planeados y dibujados en el otro cuerpo, no había intención de armisticio entre los combatientes, al contrario, su lucha era más feroz para controlar el territorio enemigo y entre carcajadas, silencios, risas entrecortadas, respiraciones que parecían haber perdido el oxígeno en otra boca y pausas entre frío y copas, cayeron de nuevo.

—No puedo más, me rindo.

—Uhm, no eres el enemigo esperado.

—No seas mala, estás derrotada.

—De sexo, no de besos.

—Acércate y te seguiré besando.

—Ahora no, no puedo.

No hubo besos, no de los que no existieron, de los otros hubo exceso, pero algo cambió el final de aquella noche, el sol quiso intervenir, pero le dejaron detrás de ellos y sin darse cuenta, vencidos ambos por otro contendiente ignorado, se rindieron al sueño.

Cuando abrió los ojos, era media tarde y de repente sintió que no estaba sola, él seguía durmiendo plácidamente y sin querer empezó a acariciarlo con la mirada a la vez que sentía su mente relajada, paseando más allá de un cuerpo que mostraba ostentoso las cicatrices de la noche anterior. Sin embargo, al caminar la mente describía un plácido sendero que la llevaba una y otra vez al hombre que reposaba robándole parte de su almohada, inmóvil, amarrado a esas sábanas que sobrevivieron a ser lanzadas por la mañana al cubo de la ropa sucia.

Cada vez se sentía más pequeña en su butaca, aquel proyecto que la ilusionó tanto, ahora la sometía cada día a unas horas de castigo, miraba lo que ocurría, escuchaba cada palabra suya en labios ajenos, cada gesto que un día tuvo en otros brazos, otras piernas, otro rostro, otros…

—Estoy cansada, me marcho.

—No puedes.

—No puedo.

—Ya no te gusta, te duele, te…

—No te preocupes, será un éxito.

—Me preocupas tú.

—No será nada, solo los primeros momentos.

—Descansa.

—Ven pronto, te espero.

Cuando llegó a casa, abrió todas las ventanas, era un septiembre más cálido de lo habitual, estrenaban aprovechando la gran semana de la moda, se sentía cerca de un estado de pánico, retrocedió en el tiempo y se sentó acurrucada, a oscuras, en una butaca, la suya, lo único que conservaba de entonces, no podía pensar en otro sitio, siempre en un rincón, siempre ubicada donde pudiera huir rápido, siempre con una pequeña mesa cerca, dónde dejar un libro, una cama, un cenicero y un paquete de tabaco.

—No creí que esperaras hasta tan tarde.

—Quería saber cómo había ido, era el último.

—Agotador, María se ha relajado al irte tú.

—La entiendo, no es fácil ser yo.

—No, no es fácil ser ella.

—Está bien ella, la que tú alejaste.

—La que yo dejé encerrada en aquel libro que te devoraba.

—Dame entonces esos besos.

Volvieron de nuevo a sus juegos, dejaron atrás los trajes de calle y se vistieron con los dedos resbalando por una copa más, otra vez vino, otra vez frío, otra vez ellos, pero ya no era la nada quien empujaba a esos seres a perseguirse de la mano de la luna, no, era el todo creado entre ellos, el cada al que no dejaban caer en más rutina que la de ser cada día ellos, siempre los mismos amaneciendo, a cada instante otros cuando se trataba de vivir sus cuerpos, se citaron de nuevo sin más mensaje que un imperceptible parpadeo, eran de nuevo dos extraños, ella abrió una vez más la puerta a sus instintos, a él no le dio tiempo porque ella sabía hacerlo y cuando empezaron casi estaba amaneciendo, no era tarde, no era pronto, tenían tiempo.

Las luces se apagaron breves instantes después de llamar a todo el mundo a sus asientos, las noches de estreno tenían un glamur siempre excitante, aunque a ella le parecía añejo, se vistió para pasar desapercibida, casi declinó acompañarle en aquel paseo maldito por la alfombra roja, pero tuvo que hacerlo, él la sujetó fuerte, sentía cómo temblaba, podía casi experimentar su miedo, intentaba tranquilizarla con su mirada, con caricias fugaces a los ojos ajenos, pero sabía que no lo conseguía, a cada paso se empequeñecía y cuando estuvieron dentro y tuvo que dejarla acomodada en su asiento, la miró con ternura, sus labios musitaron: «no eres ella, no tengas miedo, ella ha muerto».

La ovación la dejó inmóvil, hundida en la butaca, el público puesto en pie hacía salir a los actores una y otra vez a saludar de nuevo, durante la representación, en los entreactos, pudo oír los comentarios, siempre favorables, casi no podía responder a los que le preguntaban, de momento no la habían identificado y eso hizo que al final casi disfrutara de la obra. Sin embargo, fue ella o mejor su miedo, quienes la delataron ante aquel público entregado, al no levantarse, empezaron a mirarla y ella empezó a imaginar lo que pensaban ellos, cuando el instante se empezaba a tornar violento, la rescató, la tomó de la mano, la subió al escenario y en ese momento fue ya identificada como autora del texto, la ovación aumentó una vez más, se agachó en señal de agradecimiento y se acercó a María, la abrazó y giró el rostro a su marido, susurrando:

—Gracias, has hecho que sea yo, te quedaste con aquella alma.

—Sin ti no hubiera sido.

-Shh, no hables, he comprado vino.

—¿Está frío?

—Lo necesario.

PASEANDO POR EL BOULE VARD

—Te amo hasta el agotamiento.

—Nunca me habían dicho eso, «hasta el agotamiento», no sé qué pensar.

—No pienses, vívelo.

Vivir, en eso pensaba mientras daba una vuelta por las calles de aquella ciudad a la que fue a refugiarse, un mal paso la sumió en una pesadilla durante años y cuando todos creían que la iban a perder, dio uno de sus saltos y tras unos meses vacilantes, decidió marcharse a ese paraíso donde tantos artistas habían visto la luz y empezar de nuevo a resucitar, buscándose a sí misma, compartiendo con quienes quería o amaba desde la distancia, mirando al pasado para relativizarlo. Le encantaban las calles del barrio latino, sentarse en un café y tomar notas, tenía muy poco tiempo para aquellos momentos, eligió un trabajo sin pensar, rápido, tomó la decisión de marcharse y no quiso esperar una oportunidad mejor, ahora sabía que llegaría, pero mientras, disfrutaba del tiempo que tenía vagando, callejeando, captando instantáneas de vida sin más cámara que una vieja libreta y un lápiz, siempre le gustó escribir con lápiz, esas líneas se podían borrar fácilmente. Sin embargo, las vidas que describían eran imborrables, cada paso, cada decisión, cada circunstancia marcaba y era imborrable, incluso se proyectaba al futuro con más o menos intensidad, de repente les vio.

—No quiero verte, márchate.

—Deja que te explique.

—¿Que me expliques qué? Ya lo has dicho todo.

—No me has dejado decir nada, no era…

—¿No era lo que parecía? Qué cínico, qué aburrido, que… ¡Vete!

La cara de ella era una infinidad de expresiones entre el odio, la tristeza, la rabia, la desilusión, el cansancio, la ira. No obstante, la de él solo tenía una expresión, la de inútil, me han pillado, ¿ahora qué?

—¿Qué? Nada, contigo nada.

—Un error, solo uno.

—¿Uno?, ¿desde cuándo?, ¿cuántas reuniones?, ¿cuántas excusas?

—Yo…

—El silencio y la ira parloteantes, las mejores formas de expresarse del culpable.

—Perdón.

—Tarde.

Se marchó dejándoles atrás y se apoderó de ella una tristeza que se abrió hueco desde un pasado remoto; la traición también la vivió y meditó. La rabia, la impotencia, el dolor contenido… Leía su libreta, anotadas palabras y frases, repasaba la captura del día cuando de repente y de manera brusca, notó un cuerpo pegado al suyo.

—Perdón.

—No, la culpa…

—Español, vacaciones… No, a estas horas por aquí…

—No, residente temporal, pero residente.

—Residente, sine die, pero residente. Perdona, repasaba mis apuntes, a veces pierdo el sentido del tiempo y el espacio.

—No, yo pensaba y cuando quise reaccionar…

—¿Te escondes?

—¿Perdona?

—Si te escondes o eres uno de esos ejecutivos que sueñan con ser bohemios nocturnos.

—Sacas conclusiones rápido. ¿Un café? Es tarde y empieza a hacer frío.

—Acepto, pero en una de esas terrazas con calefacción, soy fumadora.

—Quien cuenta primero.

Aquel anciano paseaba por allí todas las tardes, siempre el mismo recorrido, el mismo ramo de violetas, su caminar lento por el Boulevard Menilmontant le llevaba a las puertas del famoso cementerio de Père-Lachaise, donde él desconocía que se hallaba enterrado James Morrison, no le importaba que fuera el elegido de Proust o de Balzac, daba pasos seguros hacia una pequeña lápida negra de nombre desconocido para el mundo, Magali Tremond, el nombre lleno de alegrías para su alma que hacía unos meses se convirtió en su mayor pesar, en la causa de aquel caminar con el mundo pesándole demasiado.

Cada tarde el mismo ritual, el traje negro, el sombrero, la bufanda marrón, los pasos arrastrándose, la vida atada a sus zapatos, acechando a la muerte, buscando en cada esquina de aquel campo santo, un peregrinar de reo solicitando quedarse allí, al lado de su Magali, de aquella hermosa joven de labios colorados a la que conoció en la resistencia parisina, en un país hundido bajo la mano de hierro e Hitler, sometido al el expolio artístico, a los trenes al fin y a ninguna parte, al aullido en los cafés por donde sangraba la herida de una ciudad que se pudría en los espectáculos nocturnos donde los nazis y sus afines se apoderaban de ella intentando terminar con la poca dignidad que le restaba tras la invasión. Sin embargo, en algunos rincones de sus calles, bajo tierra, en esas cloacas que hoy se pueden visitar y que contienen centenares de cadáveres y de historias, entre los restos de una humanidad viviendo uno de sus momentos de mayor podredumbre, en aquella oscuridad infinita, nació el amor entre su Magali y él, un amor eterno, desvencijado por la vieja paseante, la de la guadaña, la dama del adiós impredecible, una dama que fue generosa con ellos para finalmente ser implacable como con todos.

—Entonces viniste huyendo, ¿de quién?, ¿de qué?

—De todo y de todos.

—De la vida.

—De las consecuencias de mis actos.

—¿Error irreparable?

—Todos los errores se pueden reparar excepto uno, el que cada día lleva al anciano a Père-Lachaise.

—No te entiendo.

—Perdona, es una de las historias que me tienen atrapada, ya estoy casi decidida a hablar con él.

—Una de las historias de tu libro.

—Creo que será la historia, mi intuición me dice que detrás de esa tristeza escondida bajo un sombrero hay un paseo por el tiempo digno de ser contado.

—Tú y el tiempo

-Sí, el tiempo y yo, una condena, siempre con el reloj de arena entre las manos, siempre escapándose, siempre queriendo saber el porqué de esos momentos que desearíamos infinitos y son finitos, siempre queriendo adelantar lo que espero, siempre…

El anciano se quitó el sombrero en un movimiento lento, saludando y se arrodilló no sin un gesto entre el esfuerzo y el sufrimiento ayudado por el testigo mudo de sus pesares, el bastón en el que se apoyaba para soportar la vida o aquello en que se convirtió desde que ella se marchó. Quitó las violetas depositadas en el jarrón el día anterior, aún estaban frescas, pero no lo suficiente, con mimo y una lágrima recorriendo su rostro, puso las nuevas, dejó el jarrón y empezó como cada día a hablar entre susurros.

Sara le observaba desde el otro lado, en aquella zona las tumbas eran más humildes, el silencio se apoderaba de los que dicen se hallan en descanso eterno, los turistas y peregrinos no llegaban, allí no podía disimular y el anciano que la vio varios días se levantó y se dirigió hacia ella.

—No es zona de turistas, ella no era famosa. ¿Qué hace aquí?

—Lo sé, disculpe, no me interesan los famosos, me interesa usted, alguien que reverencia a otra persona como usted lo hace… puedo parecerle una entrometida, pero me interesa su historia.

El café una vez más se alargó demasiado, eran las once de la noche, cerraban, se llamarían, fue una noche interesante.

Llegó a casa y al cerrar la puerta, sonrió, hacía mucho que no le nacía una sonrisa de la nada, pensó en el anciano, aquella tarde habían intercambiado sus primeras palabras, no le dijo ni que sí ni que no, pero lo poco que hablaron empezaba a confirmar sus sospechas, tenía que ser la dueña de esa historia.

—¿Otro café o una cena?

—Uhm, no sé, la cena me tienta.

—Te encanta jugar.

—Siempre. Mi niña interior me habita y vive libre.

—Me gustáis las dos por igual.

—¿Te has tomado algo?, ¿me gustáis?

—Ya empiezas otra vez.

—Va, te dejo seguir. ¿Café y cena? Ya sabes, contigo lo quiero todo.

Su risa sonaba maravillosa al otro lado del teléfono.

—¿Eso es un sí?

—Donde siempre, a las seis, preciosa.

—Te veo.

Tenía el día libre, quedó con Antuan, iba a su casa, tras varios paseos conjuntos hasta Père-Lachaise, le convenció. Ella era muy joven cuando se conocieron, pero los tiempos eran muy duros y toda la ayuda era bien recibida, ocultar perseguidos y soldados aliados, boicotear, luchar por la dignidad de un pueblo... A él le pidieron que la enseñara, tenía que ser quien la acompañara en sus primeros pasos, sus ojos en la noche, sus oídos, la voz que le susurraba entre los callejones y fueron muchas noches, frías en invierno, cálidas en primavera, asfixiantes en un mes de Julio que entró con más fuerza de la habitual, revelándose a ese mundo que parecía congelado en un tiempo que no quería avanzar. Sin embargo, ellos sí que avanzaron, conscientes del momento que les tocó vivir, jóvenes, apasionados y comprometidos, decidieron extender aquel compromiso a ellos mismos y sobrevivieron empujados por su amor hasta el 25 de Agosto, en el que por fin los que habitaban la ciudad herida saltaron a sus calles con júbilo para celebrar que eran libres, meses más tarde contraían matrimonio en una ceremonia sencilla, en una iglesia cualquiera, con lo único que necesitaban, un amor acostumbrado a las trincheras.

—Has llegado pronto.

—Tenía ganas de verte.

—Hoy te pasa algo, estás en modo expresivo.

—Me voy.

—Lo maginaba. ¿Cuándo?

—En una semana.

—¿Volverás?

—No creo, mi trabajo aquí ha terminado. ¿Y tú?

—Ahora no puedo. Antuan, la novela, están aquí... yo...

—Lo sé, aquí has encontrado tu espacio.

—Al menos de momento.

—Te quiero.

—¿Ahora, Alberto? ¿Por qué ahora?

-Ahora sé que estoy a un minuto eterno de perderte, sé que me tengo que ir, sé que tú no puedes, sé que han sido meses, sé... Perdóname.

—¿Perdonarte qué?

—Tu tiempo.

—Mi tiempo ha sido tu tiempo, quizá hubiera querido que fuera de otra forma, pero has estado en él, estás y puedes seguir estando; no lo hemos perdido, quizá derrochado en pensar demasiado.

—¿Eso es un sí?

—¿Un sí a qué?

—¿Me quieres?

—No te hace falta esa respuesta, siempre la has sabido.

Magali fue su único y gran amor, pero la vida a veces se niega a darlo todo, a ellos les dio un amor para siempre, mas no pudieron tener hijos, mientras estuvieron juntos y compartieron sus vidas a cada instante, con sus paseos, sus vacíos, sus dudas, sus lamentos, sus sonrisas, días, noches, ilusiones, miedos, aquel caminar cogidos de la mano les bastó para vivir una felicidad que creían eterna, hasta la tarde en que se marchó, sin hacer ruido, como entró en su vida, sigilosa, con una sonrisa, solo hubo una diferencia, esa vez dejaba lágrimas detrás.

—Demos un paseo antes de la cena.

La cogió de la mano para atraer luego su cintura, quizás era demasiado tarde o quizá demasiado pronto, pero esta vez no dudó en besarla, entrelazaron sus dedos, sus mentes, sus cuerpos y en silencio se perdieron por las calles que llevaban al apartamento de Sara, sin hablar, sin decir

118 | NURIA BARNES

nada, las palabras ocuparon todo su tiempo los últimos meses, ahora era el momento de los gestos, de los cuerpos, de hablar en silencio con miradas, con caricias, con sílabas susurradas, era el momento de lo tangible, de lo que quieres atrapar cuando se escapa, era…

—La maleta está cerrada, tengo el pasaje, el taxi llegará a las seis. Aún estás a tiempo.

—No puedo, lo sabes, no me lo pongas más difícil.

—Lo tienes casi todo, Antuan te lo puede contar por carta. Queda tan poco.

—Ahora está es mi casa, no puedo irme, algo me retiene, no será mucho, estoy casi segura.

Mientras Antuan depositaba las flores un día más y hablaba con su esposa, en la cola de embarque Alberto repasaba cada día y cada conversación desde que chocaron en el Boulevard Menilmontant, se odiaba por el tiempo perdido, la necesitaba y las distancias nunca le gustaron, ¿y si su momento terminaba cuando aquel avión despegara?, ¿y si no sabía más de ella? Era la primera mujer que amaba desde hacía demasiado. Saludó con una sonrisa entre triste y amable a la azafata, con paso lento como si lo atraparan por la espalda, se dirigió por el finger al avión y luego buscó su asiento, en unas horas estaría en casa. Sin embargo, se le antojaba más vacía que nunca. Dejó el maletín en el compartimento sobre su asiento, cogió el iPod y se puso música, era divertido, no tenían una sola canción, tenían muchas. Cerró los ojos, estiró las piernas y ese mismo gesto hacía Antuan levantándose después de hablar con su esposa, el anciano se colocó el sombrero, Alberto se abrochó el cinturón a ciegas, no quería oír ni ver a los otros pasajeros, Antuan giró el rostro de nuevo, dijo otro adiós y en ese gesto la música salió de los oídos de Alberto y escuchó unas palabras.

—Hola, mi amor, tengo algunas virtudes, muchos defectos y una obsesión, no me gusta perder el tiempo, este es el nuestro y te amo, te amo hasta el agotamiento.

NO HAY NOS, NIS NI JAMÁS

L e echaba tanto de menos que rogó incluso a los ángeles que le regalaran su presencia, pero no, nunca estaba en ese momento de magia, cuando creía estar tocándole con los dedos, una vez más, en un truco doloroso desaparecía dejando solo el rastro de un arañazo más en su corazón, de nuevo la rabia, la impotencia, el no entender, esa sensación de ahogo que alargaba la noche haciéndola infinita y arrancaba sin remordimientos la sonrisa de su rostro.

—¿Dónde estás?

—En mi camino.

—Pero, ¿dónde?

—Donde no quisiste venir.

Se levantó sonriendo, era un día más, pero cada día para ella era un regalo que exprimía buscando en cada instante ese paso de baile que te eleva por encima de todas las circunstancias para caer en el suelo en una postura grácil, para simplemente seguir el ritmo del mundo. Se duchó, se vistió y se fue hacia el espejo, el rímel, los labios, lo llevaba todo, incluso aquel corazón magullado, pero empeñado siempre en sonreír.

Aquella mañana no tenía motivos, pero mientras saboreaba un café cargado, empezó a buscarlos, el sol, sus compañeros, el viaje que planeaba, su habitación que empezaba a oler de nuevo a maletas y esa sensación que siempre la empujaba, en unos días de nuevo estaría en el cielo, le encantaban los aviones, la llevaban cerca de las nubes y desde allí, donde su luna reinaría más tarde, podía contemplarlo todo, como ella, perdiéndose, diminuto, nada tenía importancia, quedaba sumergido en la distancia y si ella misma en aquel momento desaparecía en brazos de las nubes, ese mundo del que había despegado seguiría girando, era la belleza de la existencia misma, el no saber y tener una única certeza, que a pesar de todo, el tren seguiría avanzando.

—Entonces lo has encontrado.

—No, sencillamente siempre estuvo en mí.

—¿En ti?

—Sí, siempre estuvo llamando desde mí y yo no lo escuchaba.

—No te entiendo, ¿de qué hablas?

—De algo que jamás entenderás, adiós.

—¡Sara! ¡Sara!

Llegaba al trabajo en menos de un minuto, abrió la puerta, sonrió y allí estaban ya dos de sus compañeros y, a la vez, amigos.

—Has dormido poco.

—¡Qué perspicaz!

—¿Doble o triple el café?

—¿Bailamos?

Y tras los besos diarios por placer, de rigor y poniéndole humor a la vida, sin más música que la que salía de sus corazones, se pusieron a bailar.

—Y ahora el cigarrito. ¿Cuándo lo dejas?

—No sé, no quiero dejarlo.

—Pues no lo dejes.

—Pues eso.

—¿Cuándo te vuelves a ir?

—Ya mismo.

—¿Y qué vas a hacer?

—Vivir, vivir más intensamente si aún es posible y reír, sé que voy a reírme mucho.

—¿Con quién vas?

—Con mi otra alma.

—¿Con quién? Ya empezamos con las frases raras.

—Con mi otro yo, con… Pero si ya lo sabes, Richard, si no paras de llamarme pesada.

Los dos volvieron a sonreír, no se llamaba así, pero ella y su compañera de batallas, la sencillamente genial Doris, así le bautizaron.

Una mañana más empezaba la guerra, reunión, risas, frases cómplices cruzadas, a menudo carcajadas y después papeles, carteles, cartas, cafés y coches, una mañana más todos salían por su sueño, cada uno tenía uno distinto, pero estaban dispuestos a conseguirlo.

La miró y supo al instante que andaba perdida una vez más, pero que a la vez hacía un nuevo esfuerzo para encontrar el camino, aunque fuera lejos, demasiadas cosas en su mente, una guerra, pero muchas batallas, un sueño y una estela que no dejaba del todo atrás, la empujo otras veces y lo haría una más si era necesario.

—¿Dónde vamos?

—Donde queráis, os sigo, me adapto.

—A San Andrés, tengo que…

—Te acompaño.

—Mientras tú haces la visita, yo prospecto.

Era su nueva compañera, un flechazo, dos minutos juntas y supieron que tenían mucho en común, es curioso cómo la vida te va dando en la medida que te quita, Sandra tenía la virtud de escuchar, ella la necesidad imperiosa de hablar, en poco tiempo se miraban y casi sabían, en poco tiempo las risas, en poco tiempo la complicidad…

—No sé qué hacer ni qué pensar, estoy tan perdida.

—Lo sé, rápidamente se te nota cuando no es un buen momento.

—¿Qué hago?

—No sé qué decirte, espera.

—Sí, una vez más, una historia más, seguiré esperando. Qué ganas de marcharme.

—Eso no hace falta que lo digas, cada vez que hablas de ello es con una sonrisa, te hará bien.

Con extrañeza, tomó aquel camino después de haberlo meditado, todo cambió en los últimos tiempos, el paisaje era distinto y el trasiego de seres en su andén donde se encontraba apeada desde hacía unos meses, a veces, la dejaba tan al borde de las vías que no sabía si resistiría el paso de un nuevo tren.

Lo analizó todo con cuidado, el porqué, el cómo, el cuándo, el dónde, el si...

Sonó de nuevo el teléfono y decidió silenciarlo, no pudo borrarlo, todavía no, llegaría el momento, pero no era ese, estaba armando su corazón y su alma para aquel salto entre el peligro y el vacío, no tenía el punto de aterrizaje, no tenía claro como caería, no

tenía claro como... No tenía claro...

Llegó al aeropuerto, la última vez, la única, lo hizo en autobús, aquella ciudad se quedó como una posibilidad eterna en su mente, quizá hubo otras oportunidades, quizá no supo verlas, quizá era demasiado tarde, quizá, pero fue a por su maleta. Era enorme, sus maletas siempre eran enormes, pero aquella además de todas sus pertenencias, llevaba sus sueños, su sueño, la distancia era necesaria, necesitaba lo relativo, necesitaba mirarse desde lejos, necesitaba no sentirse protegida, necesitaba... necesitaba tanto que por eso las dudas la invadían desde hacía demasiado y dudó, pensó de nuevo que quizás era un error más, que quizá no cambiaba, simplemente huía una vez más.

Sonó el teléfono de nuevo, el mismo nombre, el mismo silencio.

Llegó a su nueva casa, alquiló una habitación, compartiría piso, sería temporal, mientras se organizaba, tenía trabajo, pero prefería hacerlo todo paso a paso, por una vez quería ir despacio, todo estaba calculado. En una semana empezaba en su nuevo puesto, mas al día siguiente tenía que presentarse para firmar unos documentos y darse a conocer. Vació la maleta, colocó su ropa y sus pertenencias, música, libros y aquellas páginas que habían viajado tanto, que al final se convirtieron en parte de todos sus equipajes.

Colocó el portátil en una mesa bajo la ventana, lo encendió, dejó un mensaje a sus amigos para que supieran que llegó bien, pero una vez más no decía dónde, ya había llamado a casa, con un pensamiento entre la emoción y la melancolía, salió a pisar aquellas calles que tanto deseó.

Después de un corto trayecto en metro, bajó en Picadilly, tenía tan claros los recuerdos, empezó su paseo a ninguna parte, recorría las calles con sus antiguos postales y sus nuevas esperanzas, con imágenes en papel, las perdidas, las del álbum desaparecido, las del día que debió terminar la magia, pero no, no viajó tanto para volver de nuevo a aquel punto, tendría que aprender a construir el puente, a veces necesitaba volver atrás. No obstante, tenía que ser capaz de borrar esos años.

Otra vez el teléfono, vio el nombre, tenía que zanjar aquello, contestó:

—¿Qué quieres? Creí que todo estaba claro.

—No, no lo estaba, dime por qué.

—Dime por qué no.

—No me diste tiempo.

—Te lo di todo.

—No, quizá para ti fue mucho, yo necesitaba más.

—¿Y qué necesitabas?, ¿el adiós?

—Dime dónde estás, necesito verte.

—En aquel lugar al que siempre quise volver.

—¿Dónde?

—¿Alguna vez me escuchabas? Déjalo, así es mejor.

—No cuelgues.

—Adiós.

Las lágrimas caían por su rostro mientras caminaba en dirección a Westminster Abbey, sabía que aún no era suficientemente fuerte para ese adiós reiterado, sabía que no tenía todavía el corazón preparado para un adiós definitivo, sabía que aún le amaba y lo haría por mucho tiempo, porque cuando se ama tanto no hay distancia, ni barreras, ni dolor, ni errores, ni palabras mal pronunciadas, ni ira, ni rencores, ni motivos, ni todos aquellos nis y nos y jamás que se prometió cuando empezó a diseñar el cambio de vida en silencio, un cambio que sorprendió a todos menos a ella misma, aunque cuando se sentó cerca de la fachada para contemplarla, intentando ocultar sus ojos a los turistas que hacían fotos o a los que simplemente pasaban, se sorprendió a sí misma pensando en regresar.

Los días pasaron rápido, se acostumbró sin problemas a la ciudad, a su ritmo, a su clima, cuando hay amor los inconvenientes se hacen más pequeños, los defectos, lo que no nos gusta del otro, y ella estaba enamorada de Londres, era una infiel militante cuando de ciudades se trataba, tenía varios amores y jamás los ocultó.

Bajó del metro, compró un café para llevar donde lo hacía cada día, hay vicios que no cambian; cruzó la puerta mientras silenciaba su móvil personal, allí no había tiempo para las llamadas y la más esperada se ahogó entre las lágrimas en aquella primera tarde, en la fachada de Westminster.

Salía de prisa, quería llegar al centro rápido, quedó con una amiga, iba a ser una tarde de shopping, le encantaba, con su nuevo sueldo y su nueva vida se convirtió en su nuevo deporte, andar y andar buscando el libro, la música o el modelito perfecto.

Justo antes de bajar la primera escalera, sonó y convencida que era Julia, contestó sin mirar la pantalla.

—Hi! Sorry, I'm going.

—¿Vienes?

—Perdón, no eres Julia, eres, uhm.

—Creí, que como dice el poeta, es tan corto el amor y es tan largo el olvido, pero no parece tu caso.

—Eres tú.

—Soy yo.

—Hace meses, porque ahora, ¿aún esperabas que te reconociera?

—Te estaba dando tu tiempo.

—Di mejor que te tomabas el tuyo.

—Sigues enfadada.

—No, me enfadas ahora.

—Volvamos a empezar. Te sigo echando de menos.

—No creo, no has hecho nada por encontrarme, como ves el teléfono, es el mismo.

—Pensé que necesitabas tiempo, que necesitábamos, y quiero que sepas que sí que he hecho, estoy haciendo, déjame…

—Tengo que entrar en el metro, llámame en quince minutos y terminamos la conversación, llego tarde y sabes que no me gusta.

—¿Es él?

—No, es ella.

—Dame veinte minutos, yo también entro en el metro.

—Dados.

Salió en búsqueda de la cara de Julia, esa cara que conocía y la encontró, Julia era tardona y sabía lo nerviosa que ponía a Sara llegar tarde y cuando alguna vez en un efecto paranormal era ella la que no se retrasaba siempre, recibía a su amiga con el mismo rostro de sorna.

Cuando iba a besarla mientras decía una de sus frases bordes, sonó el teléfono, esta vez miró la pantalla y no pudo evitar sentir un nudo en el estómago, era él, veinte minutos exactos más tarde.

—Estás preciosa.

—Tienes mucha imaginación.

—No, no es necesario, el color verde te sienta muy bien, solías decir que era tu preferido.

—Vale, me escuchabas.

—No, te miro.

—No me gustan algunos juegos, no sabes dónde estoy, no puedes verme.

—Puedo prometerte que lo estoy haciendo. ¿Dónde queda todo el mundo en Barcelona?, ¿en Florencia?, ¿en Madrid?, ¿en Londres?,

¿en Picadilly?

—Estás…

—No, ahí no, gira la cabeza, busca a Eros, me vine con él por si necesitaba refuerzos.

A ÉL

—Vamos, abuelo, ¿quién es esta?

—No recuerdo, hija.

—Haz un esfuerzo.

—Estoy cansado.

—Pero si solo hemos visto tres, ¿no me recuerdas?

—No, ahí no, pero sí te recuerdo ahí.

Señaló una foto de su esposa cuando tenía la misma edad que Raquel, 39 años. Ella lo miró y sus ojos estaban expresando un mundo de sensaciones entre la ternura, la tristeza y la felicidad.

—¡He dicho que no! ¿Lo entiendes? O mejor, ¿qué es lo que no entiendes, la n o la o?

—Pero si es una campaña increíble.

—Tú lo has dicho, increíble. No me la creo y no se la creerá nadie, el mercado no está para esto, si no vas a ser capaz de hacerlo, me lo dices. ¿Qué diablos te pasa, Alba?

—No me pasa nada, hago mi trabajo como siempre. ¿Qué te pasa a ti?

—¿A mí? No, no hablamos de mí, no quiero seguir discutiendo y, por favor, no mezcles, somos amigas, pero esto es trabajo y esa campaña es de principiante.

—Mi campaña de principiante y yo nos vamos sin mezclar, pero algo te pasa a ti. Cuando quieras, amiga, lo hablamos.

El portazo fue de los que se dan, pero pudo ser involuntario. Alba salió del despacho de su jefa entre la ira y la rabia contenida, sabía que todos oyeron la discusión, sabía que algunos se alegraban.

Raquel quiso tomar aire, pero no pudo, se levantó y en un gesto rápido cerró su puerta para evitar que nadie entrara, le dijo a su secretaria que no le pasara llamadas y con el sonido del teléfono terminando una, las lágrimas contenidas brotaron ya sin más barrera que el dolor que le producía llorar, para ella las lágrimas siempre fueron un síntoma de debilidad.

—Dame un beso, chiquitín.

—¡No! Teresa…

—Teresa se va hoy a casa, Pol, no seas malo, un besito a mami.

—¡No!

Se dio la vuelta, escondió su mirada de profunda frustración. Pol tenía cinco años, pero su madre era una señora que solo estaba a veces, se crio con Teresa y aquella que le pedía un beso era casi una extraña a la que últimamente veía más. Era fruto de una relación breve y equivocada, aunque contempló otras opciones, finalmente decidió que si no era madre en ese instante, no lo sería nunca; el embarazo fue fácil, pudo trabajar hasta el final, eligió un parto programado, no le gustaba dejar nada al azar y ese hijo ya lo era, el parto tampoco le dejó malos recuerdos, mas cuando se vio sola en casa con aquel ser que no paraba de llorar, por supuesto optó por los biberones, tenía que conservar su imagen, estaba perdida, necesitaba a su madre, Sin embargo, descubrió a un padre maravilloso y sorprendente que junto a Teresa, ayudó a crecer a un niño que pasado el tiempo decidió decir no.

—Teresa, mañana no hace falta que vengas por el día, me quedo con él, puedo trabajar desde casa, eso sí, por la noche, a las nueve, aquí, por favor.

—Señora Raquel, si quiere vengo y le echo una mano con otras cosas.

—En cinco años no he conseguido que te olvides del «señora». No, Teresa, descansa y pasa un buen día con tu familia, sobreviviré

—Lo sé, se… Raquel, pero es que como lleva unos días tan rebelde y usted está tan triste y cansada, si me permite…

—Te permito, Teresa, sin ti qué hubiera sido de mí, sin ti y sin mi padre, y ahora él…

—No llore, señora, la vida…

—Lo sé, Teresa, la muerte es parte de la vida, pero la crueldad, ¿no se puede evitar la crueldad?

—Ay, señora, a lo mejor sería que uno no viviera tanto.

—Tienes razón, sería mejor. Anda, vete, nos vemos mañana por la noche y ya sabes, no regreso hasta el domingo.

Le dio la cena a su hijo que la comió sin problemas, la preparó Teresa, pero ni así consiguió el beso, solo cuando le arropaba y decidió desistir, el niño le dijo:

—¡Mami, besito!

Le besó casi emocionada y se quedó acurrucada a su lado hasta que se durmió, por primera vez en muchos meses sintió que podría dormir sin aquella pastilla, se tumbó en la cama sin desvestirse abandonándose al sueño.

La despertó la voz de su hijo, le acariciaba la cara y la llamaba, abrió los ojos y miró el reloj, eran las nueve de la mañana, había dormido doce horas, se incorporó pesada, alzó al niño y aprovechó el momento para abrazarle de nuevo, como la noche anterior, sentir su calidez; su hijo le respondió con una sonrisa.

—Tendrás hambre.

—Sí, mamá, mucha.

—¿Qué quieres?

—Cereales.

—La leche con Cola Cao.

—Sí, pero mucho.

—¿Cuántas? No me engañes.

—Teresa me pone tres.

—Entonces creo que tendré que hablar con Teresa sobre tus dientes.

—No, mami, no, son dos.

—Vale, ya me parecía a mí.

Desayunaron juntos, hacía meses que eso no pasaba y aunque atendió las llamadas, aparcó el ordenador y se tomó el día para jugar con su hijo, meses atrás cuando empezó lo de su padre, decidió ordenar prioridades.

—Estás estupenda, hacía mucho que no llamabas.

—No te necesitaba.

—Tú y esa soberbia tuya de no necesitar a nadie.

—No eres mi pareja, ni siquiera mi psicólogo, deja la charla y deja de analizarme, esto es solo sexo y, por cierto, muy caro. ¿Empezamos?

—Tú pagas. ¿Qué quieres hoy?

—Sorpréndeme, tenemos toda la noche, me iré por la mañana.

Le mostro unos billetes y entre el deseo, el desdén y una helada indiferencia, le preguntó: —¿Será suficiente?

—Será.

La atrajo hacia él casi con violencia y empezó el ritual con el juego que a ella más le gustaba, él no solo la deseaba, la echaba de menos y la amaba, estaba seguro que más allá de aquella cubierta helada, dormía un alma y la quería, la quería solo para él.

Se conocieron cerrando una sala de moda, él no la engañó y a ella le pereció perfecto, pactaron su juego desde el principio, él no creyó que fuera peligroso, ella encontró lo que buscaba, un sexo perfecto, sin complicaciones, él no contaba con enamorarse, a ella no se le ocurrió que él pudiera hacerlo.

El amanecer la sorprendió durmiendo sobre aquel cuerpo increíblemente bello, siempre dormía plácidamente después del sexo con él, pero de repente sintió algo más que esa sensación de plenitud que deja una buena noche, sintió la necesidad de besarlo y lo hizo sin pensar, se sorprendió y lo hizo aún más cuando se dio cuenta que le devolvía el beso.

—Déjalo, esto es absurdo, me marcho.

—¿Por qué es absurdo?

—¿Recuerdas? Tú y yo no somos nada, yo te….

—Sí me pagas, eso me lo recuerdas siempre, señora dinero; pues no me pagues, no lo hagas, lo haría igual, lo haría porque quiero, porque te deseo y porque desde hace meses eres la única mujer, ya no podía, no podía fingir, no podía engañar, no podía ni siquiera imaginándote porque sabía que no eras tú.

—Yo tengo que marcharme, mi padre… Te llamo.

—Dame tu teléfono y lo haré yo.

—No, lo haré yo.

Llegó a casa de su padre, derrotada, en aquel tramo en coche por la ciudad el placer que sintió se esfumó dejando paso a la tristeza que se apoderaba de su alma cuando se acercaba al barrio que la vio nacer, al portal en el que jugaba, a la puerta que cruzó en brazos de su madre, recién nacida, al final de una vida.

—Está muy mal, creo que la está esperando.

—¿Qué quieres decir?

—Ya sabe lo que dijo el médico, cuestión de meses, semanas, días…

—No puede irse hoy, no puede irse ya, le necesito, hoy no hemos visto las fotos, no hemos charlado, no le he dado el desayuno, no…

Se acercó a la cama, Lidia la levantó, le cogió la mano y aquel hombre que tantas veces la abrazó fuerte y consoló de todos sus vaivenes, desde su primer llanto hasta los últimos de su nieto, abrió los ojos en un tremendo esfuerzo e intentó una sonrisa que se quedó a medio camino entre una mueca y un adiós dicho en paz.

—Te necesito, se ha ido.

—¿Dónde estás?

—En casa.

—¿Cuándo vienes?

—No, ven tú, no quiero separarme de mi hijo.

—¿Segura?

—Siempre estoy segura.

—Sí, indudablemente, a pesar de todo, eres tú.

—Te dije que no me analizaras.

—Te dije que te amaba.

—Ven.

—Voy.

Le enterraron al día siguiente, en una ceremonia privada, lejos de las iglesias como él siempre dejó claro, en un cementerio civil, eligió hasta la música, la acompañó Alba, no se vieron desde aquella campaña de principiante, no se hablaron, no se miraron siquiera, pero cuando la llamó, llegó incluso antes que el médico certificara la defunción y ya no se separó de ella, hablaron todo el día, toda la noche y solo se quedaron en silencio en el momento del adiós, luego la acompañó a casa, intentó que se acostara, pero Raquel declinó, la miró con una pequeña sonrisa asomando en su tristeza.

—Pásame el móvil.

—¿Qué quieres? Ya agradecerás la asistencia, no es necesario.

—Alba no pienses por mí y pásame el móvil.

Incluso en los instantes en que su espíritu se encontraba más perturbado, más decaído, más olvidado de ella misma, incluso en esos momentos, conseguía manifestarse. Marcó un número y otra voz respondió a los tres tonos.

—*Te necesito, se ha ido.*

Alba la interrogó con la mirada, pero como no respondía.

—¿Quién es?

—No le conoces.

—¿Es él?

—¿Qué él?

—El padre de…

—Estás loca, no, solo es alguien. Anda, vete antes de que llegue.

—Me echas.

—No, te doy las gracias y te despido, pero ahora que todo ha pasado, solo necesito dormir, solo necesito vivir, solo necesito reír, solo necesito amar, solo necesito sentir, por eso te doy las gracias, sabes lo importante que eres para mí, pero por una vez me rindo, me balanceo, sé que lo quiero y por eso solo le necesito a él.

¡DESPIERTA!

El puente parecía en aquel momento un eternidad casi imposible de cruzar sumida en la niebla, lo miraba desde ese lado, su lado, ese punto de espíritu en él decidió refugiarse, quedarse un tiempo y dedicarse solo a observar, necesitaba tiempo, ganar tiempo. Sin embargo, en algunos momentos sentía que lo perdía, que permanecer en ese paréntesis de vida no la acercaba a nada, la alejaba incluso de ella misma y por eso en aquella mañana que decidió amanecer asustando siluetas y amagando contornos, se hallaba allí, al borde del puente contemplando un gris infinito que no le permitía ver al otro lado.

—Da el primer paso y el segundo vendrá solo.

—No puedo.

—¿Por qué?

—Porque no sé si quiero darlo.

—Entonces, ¿qué haces aquí?

—Pensarlo, imaginarlo, soñarlo…

Esas conversaciones con ella misma se sucedían a menudo en los últimos tiempos, inició una lucha desde un punto de luz, pero no sabía cómo encarar cada combate, al menos en ese momento. La niebla no se disipaba, por mucho que la mirara con aquellos ojos ansiosos, seguía allí, se dejaba acariciar, pero no que la tocara y alargó el brazo para intentarlo una vez más. No obstante, al intento de tacto desaparecía y entonces, el paso, aquel movimiento para cruzar, se quedaba retenido y solo vivía en su pensamiento.

—¿Te vas ya?

—Por hoy creo que ya le hemos dado bastante.

—¿Segura?

—Depende, ¿a qué te refieres?

—¿Y tú?

—No has cruzado.

—Cruzaré.

La incertidumbre y la luz que imaginaba al final de aquel camino la atraían, pero a la vez, aunque casi creía poder ver esa luz final, su mente se recreaba en lo que ella quería para el fin del tránsito y juntas lo disfrutaban instalándose en un futuro, visible en sus sueños, pero de momento intangible y era la posibilidad de soñarlo y el placer de recrearse lo que casi la mantenía clavada en ese punto.

—Cansada.

—No demasiado.

—Voy.

—Ven.

—No parece que tengas ganas.

—Siempre me apetece una buena cena, una buena charla y un buen vino.

—Entonces voy.

—Te estoy esperando, trae un par de buenas botellas y cocinamos, la música la pongo yo.

—No cambies, te adoro así.

—No pienso hacerlo.

Y, de repente, sintió como si algo la empujara, era una sensación de frío que le decía adiós y ella levantó la maleta, miró atrás unos segundos y puso su primera huella sobre el puente, era el momento y se fundió en aquella niebla espesa, no había nadie tras ella, pero daba igual, tras dar los primeros pasos abrazada por el gris, dejó de ser visible.

—Preciosa para una cena en casa.

—Adulador para no ser una cita.

—Es verdad, se me olvidaba, nosotros no tenemos citas.

—¿A estas alturas, cariño? ¿Con lo vivido? No, más bien no.

—Y entonces son…

—No todo tiene por qué tener nombre ni palabras para definirlo, lo nuestro es…

—Lo nuestro.

—Sí, me gusta, lo nuestro, voy por las copas que estaremos estupendos, pero hay que cocinar.

—Yo la ensalada y tú…

—Lo mío está en el horno. ¿Qué te parece si abro la botella, sirvo el vino y te pongo nervioso mientras tus manos se entretienen entre distintos tipos de lechuga y tomates?

—Me parece perfecto.

—Lo tienes todo ahí preparado.

—Me gusta el sabor de este vino en tu boca

—A mí tu sabor me gusta siempre.

No veía nada, el camino no lo marcaba su vista, solo el silencio que provocó a sus alrededor para poder escucharse y los latidos de su corazón le decían cómo seguir, iba a tientas, pero el paso era decidido, no podía ver el final, solo lo que la rodeaba con cada avance y cada vez le gustaba más, se sentía segura recorriendo esos instantes en tonos grises, el negro cada vez estaba más atrás y el blanco bañaba cada vez más la mezcla iluminando en algunos momentos etéreos lo que estaba por venir.

Le gustaba aquella aventura, ahora se sentía cómoda cruzando aquel puente, sin prisas, sin pausas, desde el negro abandonado a la luz que siempre da el blanco y que aún te gusta más cuando abres tu nueva casa. No podía ver a nadie en su camino. Sin embargo, le daban la mano, sentía la esporádica calidez de los que te quieren y apoyan, el calor de los que te aman, el empuje de esos latidos y de ese espíritu que no podía ver, solo sentir en su alma y su alma le acogió, juntos avanzaban por aquel puente, entre aquella niebla, sin poder tocar, sin poder ver, sin poder oler, sin poder apenas oír, solo sintiendo.

—Pongo la mesa en la terraza.

—Fumarás.

—Fumaré.

—Y lo dejas.

—¿Lo dejo?

—Te amo.

—Lo sé, por eso sigo fumando.

Y los pasos la hacían avanzar en un solo sentido, el que iba marcando cada latido, ese compás con ritmos cambiantes que la hacían avanzar más o menos rápido, con o sin miedos, con sonrisas, con tristezas, con vacíos y multitudes, con vida.

—Te ayudo con la ensalada, vas un poco lento.

—Sí, quizás es porque alguien no para de mordisquearlo todo.

—Uhm, cómo me apetece.

—¿Ahora qué?

—Estoy en la nevera, miraba el postre.

—¿Qué idea perversa se te ha ocurrido esta vez?

—Te quejarás tú de mis ideas perversas.

—La verdad es que me gusta saborearlas más que el postre

—Acabo de degustar el vino, ven.

—Suelta el cuchillo, prometo no atacar más la ensalada.

—¿Y a mí?

—Tú no eres parte de la ensalada y, además, te encanta que te ataque.

—Seguro, pero, ¿dónde vas a atacar ahora?

—Mírame a los ojos fijamente, te doy una pista.

La mirada se perdía en aquel gris que no terminaba de tornarse blanco, por momentos parecía que todo lo andado no iba a valer para nada, pero de repente una calidez más la empujaba, nunca sabía de dónde iba a llegar ese momento de sentirse arropada, querida y con cada uno de ellos la zancada se hacía más larga.

—Me gusta esta brisa, el calor en la cocina ha subido demasiado. —El horno, pero ya lo he apagado. ¿Sirvo la cena?

—Yo traigo la ensalada.

—Tibia, con queso de cabra y miel.

—¿Quieres miel?

—Sí, sabes que me encanta en esa ensalada.

—Entonces con miel, la traeré a la mesa y te sirves la que quieras.

—Abriré la segunda botella.

—Pero no olvides que tienes que catarla conmigo.

El puente se tornó en camino meses atrás, a momentos casi se sentía tentada a retroceder o abandonar, el no llegar al fin a ratos la torturaba. Sin embargo, en algunos momentos sentía que disfrutar de aquellos días la haría feliz para siempre. De repente, una madrugada sintió que necesitaba ponerse a andar antes de lo previsto, se recompuso la ropa como pudo, los albergues a veces no eran muy cómodos, abrió la puerta y salió, debían ser antes de las seis, su viaje no tenía tiempo ni espacio, pero la oscuridad de la noche se tiñó de blanco, la niebla quería disiparse y casi se dejaba acariciar.

—El pescado te ha quedado perfecto, como siempre, no entiendo por qué no te prodigas más.

—La cocina es amor y ya sabes que es un terreno que no quiero pisar demasiado.

—Pero a mí me amas.

—Si quieres entenderlo o llamarlo así, te amo.

—¿Tú cómo lo entiendes?

-No preguntes, ya sabes lo que siento, ya sabes cómo soy. ¿Me pasas la miel?

—Un placer, preciosa.

—Eso es lo que más me gusta de ti.

—¿Qué?

—Tu capacidad de adaptarte a mí, en todos los aspectos.

—¿Y si empezamos? Me encantan tus postres.

—El de hoy te va a gustar más, hace mucho calor y se sirve muy frío.

La niebla se disipó, se encontró sentada en un espacio conocido, no se movió de su cuarto, de su casa, la casa. Intentaba recordar, no entendía nada, se miró, no llevaba los vaqueros del albergue, no llevaba más que su minúsculo camisón, la decoración era la de siempre. Se levantó, detectaba vacíos, pero no sabía… Fue al armario y lo abrió.

—Me encanta que te acerques por la espalda cuando no puedo verte, solo sentirse.

—Lo sé y así disfrutaré mejor el postre.

—¿Dónde lo has puesto?

—Shh, tú solo siéntelo.

—No siento nada.

—No es el momento, deséalo, yo sé cuándo deseas de verdad por tus movimientos, no hablas, pero casi ronroneas.

No había nada, no estaba su ropa, pero no estaba el espacio que debió dejar al sacarla, fue a la cómoda, no, no había nada en los cajones, no en la mesilla y sin ser consciente de su casi desnudez, salió del cuarto y fue al despacho, tampoco quedaba nada suyo, ni libros, ni cuadros, ni pipas… nada. Se acarició el rostro y decidió ir al baño, se miró al espejo mientras buscaba un rastro que no estaba y de repente se dio cuenta de la imagen que le devolvía el espejo, era ella, pero no se recordaba así, era… Se gustó, de nuevo se acarició, de nuevo se miró, se observó cada rasgo, era ella, pero… Se sonrió mientras pensaba en aquella otra imagen.

—Uhm, ¿lo ves? Ya estás ronroneando, es tu forma de llamarme.

—Ven, no quiero esperar más.

—Ya estoy, pero despacio, saborear sin atragantarse. A sorbos, jugando con el paladar.

—Eres malo, no, perverso.

—No, soy tú, pero hoy es mi juego.

—¿Por qué tú?

—¿Por qué no recuerdas nuestro último pacto? Cambiaste aquellas fresas por una noche.

—Las fresas, las olvidé, es verdad, toda tuya.

—Sigue ronroneando, aún tardaré un rato.

—Pero ya me has dado.

—Sí, pero solo una parte y tú lo quieres todo.

—Todo, mi palabra preferida, sí lo quiero todo.

Llegó a la cocina, abrió los armarios y le gustó, reinaba el caos igual que en la nevera, nada estaba ordenado por tipos, tamaños, cocciones. Todo estaba como se dejó al volver de la compra o después del último uso, la bandeja del horno no estaba inmaculada, el brick de leche se cortó con los dedos y en el cajón de la verdura había latas de cerveza; su rostro era su rostro, su cocina su fortín, su nevera la trinchera donde siempre plantó la batalla. Desconcertada, pasaba de una habitación a otra, le gustaba lo que veía, era su vida, la que recordaba, la que tuvo, la que… Se tumbó en la cama, quería recordar, no sabía qué buscaba, qué no estaba, no tenía rostro, solo cosas, espacios, miedo y, a su vez, una cara extraña, la de ella, pero no era el que le devolvía el espejo, miró el camisón, volvió a la cama y allí estaba él, bueno, él no, alguien y empezó a sonreír. Recordó la noche, el cuchillo, la ensalada, por eso las verduras casi desaparecieron y había botellas de vino por todas partes, el despacho, la ropa. Empezó a despertar, miró de nuevo en dirección a la cama y trepó rápido, la espalda arañada llevaba su firma. Le dio la vuelta y se sentó sobre él a horcajadas, bajó el rostro hacia sus labios, lo besó casi sin rozarlo, se acercó a su cuello y finalmente a su oído, casi en un maullido le dijo:

—Todavía no lo tengo todo, ¡despierta!

ÁNGEL CAÍDO

Sentado o quizás arrojado sobre aquel sofá gastado de uso y tiempo, solo se oía silencio, la jornada anterior le dejó agotado de palabras, no quería palabras, tan solo gestos, últimamente pensaba que el mundo entero se volvió loco, envuelto en un torbellino de palabras vacías, sin gestos, nos daba miedo tocar o ser tocados, abrazar, besar, acariciar, y recordó esas manos que se dan caída. Casi haciendo un esfuerzo, débiles, sin energía.

Se levantó en un movimiento rápido y de nuevo se dejó caer, quería, pero no quería más palabras, quería silencio, quería gestos, quería que únicamente el movimiento rompiera aquel aire que se quedó contenido tras su caída, todo era calma, todo era nada, así se sentía, lanzado a la nada por las palabras, esas que se pronuncian sin consecuencias.

El espacio era de un blanco que atrapaba aún más aquel fotograma de vida suspendida, casi muerta, la respiración se hacía lenta, dio unos pasos, en la habitación contigua había una escalera, alguien con vida pasó por allí y pintó aquellas tristes paredes; se sentó en una vieja escalera olvidada, giró su rostro con lentitud, dirigió la mirada hacia sus alas, estaban dañadas y sus manos no llegaban a repararlas, miró a lo lejos, la luz llegó a sus ojos cruzando la ventana, allí estaba él y le hizo un gesto, no se hablaron, no utilizaron palabras, se acercó, sanó sus alas y juntos en movimiento volvieron al mundo donde el ruido ya no molesta con la palabras, eran capaces de hacer todos los gestos necesarios.

EN BRAZOS DE UN AMOR ANTIGUO

Paseaba sin rumbo fijo, sus pensamientos la llevaban de la mano por el espigón, el sol abrazado a su cintura la acompañaba mientras la brisa mecía sus cabellos que saludaban torpemente a su rostro, siempre juntos, casi rozándose. Sin embargo, solo la brisa o un gesto los acercaban, ese era el absurdo pensamiento que la acompañaba con el sol en aquel paseo, tan cerca y a veces tan lejos, como ella y Martina meses antes, como ella y Rosa durante años, como ella y Javier durante demasiado tiempo; pensaba en esas distancias que alejan a los cuerpos, pero unen almas y corazones.

Dos pescadores esperaban fortuna, esta parecía sonreírles por el contenido de sus cestos, se movió un hilo, de nuevo picaron, ¿y ella?, ¿dónde estaba?, ¿qué anzuelo la transportaba? Sonrió, se reconocía, era ella la dueña de sus gestos, de sus risas, de sus palabras. Le gustaba el contacto con el mar, era una ausencia difícil de llevar cuando les separaban, pero ahora estaban juntos, se miraban y él la saludaba invitando a un baño, el día no los acompañaba en su deseo, mas el sonido de las olas la seducía constantemente, miró en dirección a la arena, no había nadie ya. Los pescadores sobre las rocas y ella dejándolos a su espalda, el canto del mar la atraía coqueteando y sus inmensos ojos azules la tenían capturada, se despojó de la ropa y la dejó en la orilla, no sentía vergüenza, solo anhelaba adentrarse en los brazos abiertos de aquel mar y cuando la acogió un frío intenso, recorrió su espalda dando paso a la calidez del abrazo de un amante largamente conocido. Sin embargo, abandonado. Disfrutaron de aquel juego en una danza de sentimientos que daban piruetas gozando de ese reencuentro. Parecían dos amantes antiguos que de nuevo se entregan sus cuerpos tras un anhelo demasiado tiempo aparcado, ella le susurró al oído lo de antaño y aún embriagada por su juego, se alejó, sus ropas vistieron su cuerpo mojado, tembloroso de deseo y ansioso de volver. Otra vez se hallaron. Mientras se alejaba con los zapatos en la mano, giró su rostro y sonrió a su amor.

FRÍO

Se sentó al abrigo de aquella noche casi de oscuridad total, la luna perezosa apenas asomaba, el fresco de un verano cansado de sol y playa le acariciaba el rostro mientras contemplaba las sombras que poblaban las montañas que guardaban al valle, allí esperaba, desde donde sus ojos contemplaban esas sombras intentando vislumbrar a los guardianes de la noche, los que dicen que acunan los espíritus de los que se han entregado al sueño.

La lana suave de una chaqueta vieja, imperecedera, le transmitía la calidez que le negaba otro cuerpo, decidió marcharse en el último instante saciada de un calor que de sofocante parecía artificial, de una playa atiborrada de cremas y cuerpos, borracha de licores y aromas a coco, sitiada de hamacas y sombrillas, cansada de soportar demasiada gente en poco tiempo, se lo dijo una noche cuando casi a solas conversaban.

Las frases se sucedieron sin control, sin orden, sin sentido o con demasiado sentido, se pegaban unas a otras, no era una conversación, era un epilogo: «Vete, ahora este no es tu sitio, mi sitio está contigo, ahora no, me estás echando, te estoy rogando, no puedo soportar más carga, soy una carga, no, eres otro cuerpo, otra mente, otro corazón, otro… Ahora no necesito otro, necesito solo al mío o a los míos, pero solos».

Cansado estaba de soportar tanto, cansada estaba de mirarlo soportar. Cambió la toalla por la ropa de un otoño cercano en las fechas, pero acostumbrado a remolonear en los últimos años. Era casi como ella, le costaba decidirse para dar el paso, mas cuando lo daba, lo hacía con fuerza, imposible detenerla, quizás era de otoño, aunque nació en primavera.

Paseaba por sus pensamientos y una extraña mueca se trazó en su rostro, tres días ya, tres días pensando, de día en largos recorridos por el bosque acompañada por el aire juguetón de la mañana, de noche en aquella terraza, amagada en la oscuridad, casi acechando al sueño si decidía acercarse, no quería dormir, no podía, le faltaba un cuerpo y aunque anclado en su mente, no podía tocarlo, sus palabras no estaban, ni su voz, ni aquel olor en el que a menudo quedaba flotando, sí, su aroma era el que anunciaba su presencia casi antes de oír sus pasos, ahora no, no estaba, no anunciaba nada, no advertía nada, no sentía nada, nada, allí se instaló en la nada, una nada opuesta a su todo, en la nada donde el olor a sal ahora era a resina, donde la profundidad del valle, la guarecía del viento y no intentaba tragarla como la profundidad dejada en el mar, en aquella nada fría, engañada por la lana, silenciosa, sin palabras, sin música, sin instantes.

Se quitó la chaqueta y se tumbó en el suelo de la terraza, estaba frío, quería que la nada lentamente se fuera apoderando de su cuerpo, su mente ya estaba conquistada. Lo primero en caer fue la espalda porque, aunque un tímido viento soplaba queriendo enfriar su rostro y sus senos, la frialdad de aquellas baldosas agarradas para siempre con cemento a aquella vida sin ver nada, fue minando la resistencia de esa parte de su cuerpo en la que abandonó su peso y es que con el frío sentía que pesaba más, los pies casi no parecía sentirlos y no quería moverlos, ellos la arrastraron a aquel instante. Poco a poco la frialdad de una noche que antes le heló el alma se apoderó de ella, tenía la chaqueta cerca, un solo gesto, solo uno, no, no sería una carga, el calor de esa playa la odiaba, el calor de aquel cuerpo la echó, ¿para qué esperar? No, mejor entregarse a la nada.

En unas horas los guardianes de la noche, sin manos con qué atraparla, la fueron viendo despedirse, abandonarse sin ningún otro propósito que cerrar los ojos, aquellos que estuvieron abiertos esperando, ella sentía cómo la observaban incapaces, abandonados también a su suerte y poco a poco dejó de sentir las partes de su cuerpo más alejadas de su corazón que cada vez le latía más despacio, sintió cansancio, ella tampoco podía soportar más carga.

Separó los párpados, estaba tumbada en una hamaca, el sol le daba de lleno y cuando empezaba a esbozar una sonrisa, giró el rostro hacia él, no estaba, miró el reloj, durmió horas allí postrada, alargó la mano hacia un papel que reposaba donde debía estar su cuerpo, lo miró y lentamente se le fue helando el rostro, no, no estaba, no iba a estar, el papel estaba en blanco, no decía nada, sencillamente no había nada más por escribir, aquella era una historia acabada.

LA GATA EN LA SOMBRA

La madrugada se ha apoderado de sus mentes, las ha transportado casi en silencio a infinitos lugares dónde reposar o transitar mientras la luna creciendo hacía su plenitud, pasea por los tejados, esos tejados donde con movimientos felinos me he asentado esta madrugada, ellos duermen, yo no, soy compañera de la oscuridad, amiga de las estrellas, amante de los que pueblan la vida cuando casi todos se han dejado caer cerrando los ojos en aquellos mundos anhelados que se escapan de sus manos cuando están despiertos.

Levanto mi garra y con ella acaricio el espacio que nos separa, mi mirada ilumina un rincón de la noche a la que no puedo entregarme sin reservas, soy la gata que escapa del abrazo de Morfeo. Me dan miedo sus abrazos, me da miedo el silencio con que envuelve a los que posee; doy un salto, un ruido en el callejón atrae a mis sentidos, alguien no duerme, su mundo se derrumba y ha decidido soltar por los pocos bares aún abiertos el material de derribo.

Vuelvo a mi rincón del tejado, desde esa cama nocturna donde habito cuando el mundo casi se ha parado, te pienso con los ojos abiertos a una luz mortecina que desprende una farola unos metros más abajo, no tenemos luz, somos de sombras, no tenemos aire, yo lo consumo con mi fuego y tú lo apagas con tu tierra, la falta de ese aire nos mantiene varados en distintas playas. Saco las uñas, araño el pensamiento en el que estoy atrapada, no quiero sueño, no quiero aire, me alejo entre los tejados de esa luz que te trajo, no quiero mirarte, ahora no, me sumerjo aún más en la oscuridad, me siento libre cuando ese pensamiento se apaga, mi silueta se refleja en la luna y me miro en el espejo que me brinda esa madrugada. Sí, soy yo, de nuevo prófuga de las cadenas del sueño. Sí, soy yo, de nuevo anhelante de dejarme caer en sus brazos sin remedio. Sí, soy yo, la gata que huye de la oscuridad y se queda anclada a la luz de la luna esperando que llegue y no va a hacerlo.

SALTANDO ENTRE ALMAS

Huía del ruido, en él se envolvió aquella noche, primero necesitó la compañía de lo ajeno, de las palabras que se confunden con ruidos y que se pierden envolviéndote, rozándote sin dejar más huella que esa compañía que se busca cuando las noches no tienen más sentido que sobrevivirlas una vez más.

Dio otro salto, sin piruetas, limpio, en la dirección que la llevaba a aquel momento del que quiso huir durante los últimos tiempos y sentada en aquel instante que le producía cierto dolor, levantó la cabeza y miró las estrellas, no estaban, se habían escondido bajo un manto oscuro. Se tumbó en el tejado, solo sentía sed de aquellos momentos que ya no estaban, perdidos en un tiempo que fue hacía demasiado, lanzó la garra al cielo queriendo atrapar algo que estaba por venir, queriendo traer futuro al presente. Sin embargo, a medio movimiento se incorporó, el silencio logrado estaba siendo interrumpido y necesitaba ese momento de sentirse habitada por la nada, cuando sus pensamientos eran más libres y podía garabatear aquellos instantes de vida presente que mientras pensaba se convertían en pasado. Dos saltos más, dos tejados, una chimenea del casco antiguo, durante un breve instante allí se sintió protegida de los que la perseguían, ya no había voces, nadie rompía el dolor que desprendía su alma, se asustó, no quería sentir lo que estaba sintiendo, no, demasiado miedo, demasiada oscuridad en pleno día, la luz le hacía daño después de tanto tiempo en la caverna del propio olvido, no, no quería más. Acercó la garra amenazando a sus pensamientos, huyó de ese rincón donde podía refugiarse del ruido de los otros, pero no del de su alma y de nuevo se fue hacia ellos, buscó refugio en el vacío de otras almas y se sentó a escucharlas. Las campanas, era tarde, una vez más aliada de la oscuridad habría sus inmensos ojos buscando una respuesta que no estaba, que no podía llegar porque no fue pronunciada, aguzó el oído, quería saber sus porqués, los de ellos, quedaban pocos. No obstante, sus voces animadas por el alcohol consumido eran más nítidas, sí, eran curiosos aquellos seres con los que estuvo sentada, mientras los escuchaba se olvidaba. ¡No! No podía, estaba allí, era como una sombra que la perseguía sin descanso, de nuevo lanzo un zarpazo sin saber muy bien a dónde, la noche en la que siempre se refugiaba era ese día un amante infiel, no encontraba en ella la paz ni el derroche, no podía acurrucarse en su calma ni mezclarse en su ruido, desconcertada sentía su rechazo, miró a su alrededor, los últimos transeúntes somnolientos se refugiaban en sus casas antes de que el sol por fin terminara de desperezarse, su luna huía de ella, solo la invadía el cansancio de una larga noche de idas y venidas a ninguna parte, de conversaciones sin sentido, de palabras mojadas en demasiado vino. Se cerró la última puerta, no quedaba nadie a quién acechar ni por quién sentirse acechada, pronto emergerían otras vidas, otras voces, otras palabras, las de aquellos que pueblan la luz del día cuando ella se esconde, pensó quedarse un tiempo más, esperar, quizá y se carcajeó de ella misma, no estaba borracha, solo ebria de no saber y cuando el amanecer la encontró refugiada en un hueco de un tejado extraño, se acercó y le susurró unas palabras, «no esperes más, no vagues, no busques, no aceches, no arañes el tiempo en que vives, porque puede, pero no va a hacerlo».

SOLO UN CAMINO

Llevaba sentada en la playa unas horas quería ver cómo el astro rey se despedía aquella tarde de finales del verano cuando los rumores de los días alegres del *dolce far niente* se alejan y dan paso a una melancolía otoñal que sin querer se apoderaba de su alma, esperaba a la dama de la noche para reverenciarla en un ritual casi diario, las olas relajadas casi acariciaban la arena sin querer golpearla, como protegiéndola de los días venideros, el silencio apenas roto por los murmullos del mar se vio interrumpido de repente por una voz demasiado conocida.

—Estabas aquí.

—Siempre estoy aquí.

—No quieres hablar.

—No, busco el silencio.

—Siempre estás con el silencio.

El silencio continuó apoderándose de la noche a la vez que la luz de la luna llena extendía su abrazo casi tocando la orilla donde las olas seguían besando la arena en un roce infinito.

—Tendrás que romper ese silencio.

—¿Por qué?

—No puedes seguir aislada, el tiempo pasa y no vas a recuperarlo.

—No quiero recuperar ese tiempo.

—Es tu tiempo.

—Era mi tiempo.

—Reacciona.

—No quiero.

—Debes.

—No debo nada. Vete.

Se marchó, vació los armarios y las estanterías, cargó el coche, miró atrás y miró hacia la playa, hacia aquella arena donde se quedaba parte de su vida.

—Adiós, amor, no supiste encontrar el camino —pronunciaba las palabras mientras lanzaba un beso a ninguna parte.

No la encontraron, dejó que la luna la abrazara y se cogió de la mano de las olas, quizá solo supo encontrar el camino del mar.

STORYBOARD

Te amé tanto que en algunos instantes creo que aún sigo amándote. Sin embargo, en otros instantes sé que solo amo aquel recuerdo de momentos fugaces en que nos perdimos de una vida en la que habitaban otros, los otros, los que no estaban en aquel circulo de fuego en el que nos escondíamos de miradas ajenas, de mundos donde no cabían ni nuestro amor ni nuestro anhelo, de paisajes donde nuestra luz no brillaba, de lunas que no acariciaban nuestros cuerpos sudorosos en un invierno cálido para nuestros paseos de pieles en continua caricia, un invierno que besaba a la primavera como nuestros labios, ávidos siempre el uno del otro.

Te amo, amo ese recuerdo presente, ese presente que no es recuerdo porque está cada instante y a cada segundo, ese futuro instalado en el presente que a veces es un dibujo imaginario y a veces toco con las yemas de los dedos esculpiendo a cada impulso ese mañana que puede nacer del hoy desembocando en la nada y en el todo que son los interrogantes en los que la espera se asienta lanzándonos mensajes que no queremos atrapar.

Se sorprendió a sí misma en esas palabras y en esos recuerdos en el siguiente amanecer, era como si a veces lo que ocurrió una noche anterior se amagara de su consciencia y solo encontrara pruebas en las palabras escritas. Se acercó la taza humeante a sus labios, claro que le recordaba, imposible olvidar, dejó la taza y empezó a dibujar aquel eslabón de felicidad agarrado a su alma con una fuerza que impediría que jamás se desprendiera.

Cuando dio las últimas pinceladas al storyboard sonrió y se pintó la sonrisa, le gustaba dibujarle, cada vez que sus lápices rozaban el papel sentía los instantes en los que eran ellos los que se dibujaban el uno al otro en aquel blanco que eran sus cuerpos y que, sin embargo, no les daba miedo, cada trazo era un nuevo juego, les gustaba borrar, casi fingían equivocarse para trazar de nuevo un placer que ansiaban repetir, aquellos gestos trepando por sus piernas hasta llegar lentamente a sus caderas, aquellas manos descendiendo por su espalda y acercando su rostro a aquel torso que se le antojaba su mejor historia, la única dónde dejar huella al descender.

Volvió a guardar las hojas escritas en una noche de vino y rosas, las encerró en el bolsillo de aquel abrigo viejo que solo sacó del armario para hacer un hueco, dio el último trago al café, le encantaba la loca sensación de entregar siempre al límite, siempre jugaba al mismo juego, rozar el instante del caos, la adrenalina tomaba su cuerpo, se apoderaba de carbones y colores y en un instante la depositaba en un recodo de su universo, mezclando lo que fue con lo que era y lo que pudo haber sido con lo que sería en poco tiempo, y entre aquellos instantes poblados de almas y de sueños, instalaba la realidad de una nueva historia, sería otra vez efímera, sería otra vez un átomo de tiempo, pero siempre habría unas cuartillas viejas, perdidas en un abrigo, arropando un nuevo peldaño de vida apoyado en uno viejo.

TRES INSTANTES

Le habían dicho que eligiera tres instantes, solo tres, seguía medio tirada en el sofá, una pierna en el respaldo, la otra jugando sin saber muy bien a qué y su boca abriéndose en un intento de hablar con ella misma, pero no lo conseguía y hacía el gesto una y otra vez, pero seguía sin conseguirlo, tres, solo tres.

Amaba tantos instantes, tardes, noches, amaneceres, madrugadas. De la ensoñación su rostro pasó al dolor, al desgarro al… Demasiado reciente ese instante, no podía elegirlo, no podía tocarlo, casi le parecía que no fue, sí, uno tenía que ser doloroso, pero no iba ser ese, tenía otros, no tantos como imaginaba, quizá porque esos los borraba, pero aquel no podía. De repente cayó el lápiz, resbaló por la pierna, se levantó en un salto, abandonó la seguridad de su cuarto, cerró la puerta, se abalanzó sobre el baño, no quería que su madre la oyera haciéndolo de nuevo. Esperó el tiempo justo, se recompuso, sobre todo la mirada, demasiado clara, siempre delatando, en ese instante odiaba a su vista, a ella, a sus miedos, a aquel sentir arrebatado bruscamente, a aquel momento arañado a la vida para resbalar entre sus manos, su pánico y sus indecisiones, de nuevo tuvo que recomponerse y otra vez se escondió, una vez más los que la observaban en silencio no supieron qué hacer, simplemente dejarla en aquel silencio que se apoderó de ella.

Se aferró a la manzana, cómo amaba ese instante, tantos años, tantas sonrisas, tanta ternura, y es que hay momentos que se visten en tu piel, cada poro dibuja su silueta y en cada movimiento que realizas en tu vida se van ajustando a ese traje invisible que es ella misma y vagan en el sendero de cada caricia invisible para pintar una sonrisa cuando es la lágrima la que quiere surcarte. Le dio un mordisco, sus labios la condujeron de nuevo hacia su boca y siguió el rito de saborearla despacio, como aquel instante eterno de amor que empezó casi de madrugada y se fundió tras el amanecer cuando el sol y el tiempo tiraron la manzana al suelo donde quedó para siempre.

Tenía dos, el placer y la felicidad, el dolor y el desgarro, pero el tercero, ¿cuál sería el tercero? En ese instante mientras sentada en la azotea contemplaba las estrellas, comprobó que la grabadora tenía batería y empezó; le faltaba algo, sí, la risa, ¿cuántas noches terminaron en una sonrisa placentera o en una carcajada? Y eligió la magia, una noche que llegó con las campanadas, la noche en que "Cenicienta" se convirtió en princesa y el príncipe vistió su traje un año y medio y se fue sin quitárselo, porque cuando se da tanto y se recibe más los sueños, se convierten en una realidad diaria que te instala en una felicidad que crees va ser eterna, pero el creer no lo convierte en realidad.

Lo tenía todo, no, tenía aquello, le faltaba el resto, se deslizó en el silencio de la noche, casi acarició lo que tocaba, lo dejó todo preparado y de igual manera se deslizó en el adiós, le pidieron tres instantes y los había dado, lo único que le quedaba ya era darse a sí misma, y lo hizo con el siguiente paso.

UNA MIRADA

Como cada año, en la misma fecha, recibió la carta, otra vez sin remitente, otra vez desde una ciudad distinta, otra vez sin más pistas que el contenido, dentro un dibujo hecho a plumilla, siempre una mirada, siempre la misma frase: «desearía que te estuvieran mirando hasta el final».

Como cada año, la olió, la acarició, la acercó a sus labios, la besó y una lágrima distinta, pero igual a la de los últimos treinta y dos años, resbaló por su mejilla, no sabía quién era o seguramente no lo recordaba. Sin embargo, podía sentirlo en su corazón, como si siempre hubiera estado habitándolo.

El sonido de las campanas era triste, la lluvia las acompasaba mientras caía suavemente, parecía un parque, era uno de esos espacios que invitan al paseo mientras el resto descansan para siempre o quizá han partido en busca de la luz.

Llevaba un sombrero oscuro que le guareciera de aquel día frío y triste, se acompañaba de un bastón y andaba al paso en que los años le dejaban, en la otra mano unas lilas y un papel, se acercó a una inscripción justo debajo de un roble, aquel árbol le recordaba su amor, fuerte, longevo, abrazado al tiempo.

Mientras se marchaba, una ráfaga de viento alzó al vuelo el papel arrancándoselo a la lilas; unos ojos, una mirada de profunda tristeza volaba por el cielo de Oslo y solo decía: «adiós, amor, nunca nos dimos oportunidades, pero hoy era, de nuevo, nuestro día».

ATARDECER SIN MIRAR ATRÁS

Y el tiempo se fue dilatando, no, el tiempo no se dilata, siempre es el mismo. Sin embargo, cada vez los encuentros se espaciaban más, cada vez le costaba más marcar aquel número 629; hubo un tiempo que lo veía y los ojos le brillaban, de repente toda la luz se concentraba en su rostro, ahora no, ahora casi opositaba a olvidarlo y cuando sonaba, casi le daba pereza contestar.

Sentía melancolía de aquellos momentos, de las sonrisas cómplices, de los gestos, de aquellas miradas que en un silencio que a veces se prolongaba durante minutos, decían tanto, no podía más que preguntarse dónde iban aquellos sentimientos que de repente se diluían, sin saber cómo dejaban de brillar, su olor se mezclaba con otros cuando meses antes era inconfundible, su tacto ya no era suave, tampoco áspero, ni siquiera cálido o frío, ya no era tacto, aquellas caricias que un día fueron sobre piel ahora quedaban flotando en el aire y quizá la brisa o el viento las llevaba a otras manos, a otros cuerpos, quizá no había caricias para todos y tenían que marchar transitando de una historia a otra y por eso era tan difícil que su tiempo fuera infinito, qué idea tan absurda, una mueca y un pensamiento se unieron, suerte que no lo había dicho en voz alta, qué maravilloso era el silencio en demasiadas ocasiones.

Los días ganaban la partida del tiempo a las noches y cuando estaban a punto de fundirse en ese abrazo diario que teñía el cielo de los colores del adiós, bajaba a pasear por la orilla del mar, ese era el momento en que ponía sus pensamientos en orden, repasaba cada día trepidante, cada hora de silencio en su trabajo que expresaba mudo sus meditaciones, ciertos sentimientos, varias palabras o frases nunca liberadas al azar, abría y cerraba cajones, unos estancos, otros comunicados por instantes y recuerdos, quería cerciorarse que todo estaba en orden, vivía en el caos, dormía en brazos de un amante obsesionado con ubicarla en el espacio y en el tiempo y él era quien guardó en uno de los cajones estancados aquel 629.

El sonido casi imperceptible de otras pisadas dejando huellas en su paseo nocturno la detuvo, se paró a escuchar, no era mucha la distancia, de repente sintió sus soledad violada, ¿quién era aquel que casi atrapaba la sombre que dejaba aquella luz mortecina del atardecer?, ¿quién era aquel que en su osadía rompía el silencio buscado con pequeños granos de arena deslizándose bajo sus pies?, ¿quién era aquel que añadía más notas a la música de aquel baile sensual que cada noche compartían ella y su mar?, ¿quién era aquel…?

Regresaba a casa, aún sentía la compañía de aquellos pasos que la intimidaban en silencio, era una fuerza que la empujaba hacia atrás mientras ella luchaba queriendo seguir hacia delante, no intentó mirarle ni una sola vez, se aferraba a aquel futuro que la esperaba agarrándose a un balcón imaginario donde podía ver sus sueños y esperanzas convirtiéndose en una realidad más. Sin embargo, la presión a sus espaldas tiraba de ella hacia esos pasos, hacia una presencia de la que quería zafarse ya casi con violencia, no quería girar su rostro, sabía que, si le tentación de mirarle vencía, habría perdido la partida, por unos segundos que ahora pese a la imposibilidad parecían dilatarse, le pareció sentir una mano atrapando su cintura y atrayéndola hacia un pasado al que no quería regresar. Cerró los ojos y de nuevo la cara de sus sueños le sonrió, solo quedaban unos metros y sería libre, la fuerza del mar la empujaba hacia delante, parecía que la olas cómplices de tantos atardeceres e ideas puestas en orden se confabulaban con ella y le abrían la puerta de casa, entró, el olor a mar era más intenso que nunca, cerró la puerta con violencia sin mirar atrás, se abalanzó sobre el teléfono poseída por la rabia que produce el sentirse abandonado a la vez que atrapado para por fin poder escapar y sentirse perseguido, marcó el 629 y una voz, que no era la esperada ni la casi olvidada, contestó:

—El número marcado no existe.

Nací en Barcelona en 1967, pase los primeros años de mi vida en Madrid y he residido en distintas ciudades de España, actualmente resido en Torrebesses, Lérida. Soy Lda. en Antropología Social y cultural por la Universidad de Barcelona. Tengo el título de locutora de radio donde empecé como aficionada a los 15 y terminé como profesional en las municipales a los 25, justo en ese momento dejo mi plaza, para venir a residir a Málaga. Soy madre de una hija de dieciocho años y de una gran familia de animales. De ser una urbanita total he pasado a vivir en el campo, en un pueblo de menos de 300 habitantes, dónde soy feliz.

En cuanto a mi faceta literaria, sé que leía antes de los cinco años y que mi mejor regalo era un cuento o un libro y una muñeca. Desde entonces mi afición por leer ha sido imparable, solo la fibromialgia a veces, me lo impide. Con 17 años habiendo leído Rayuela y tra un trabajo, el profesor de literatura me propuso escribir un ensayo sobre Julio Cortáza, mi gran amor literario.

Tengo cuatro libros publicados, el primero de relato breve, "La vida desde el tejado" auto publicado con Círculo Rojo con buena acogida por los lectores, 300 ejemplares vendidos, y dos poemarios, "Pieles visitadas" auto editado y "Mujeres tras el espejo", editado por SeLeer, y el último publicado por Grupo Tierra Trivium, 'Con Alma de gata' lanzado en Marzo y del que ya vamos por la 2.ª edición, que tal como está el mercado es una alegría

A su vez una revista argentina "La poesía alcanza" ha publicado algunos de mis poemas y promocionado mi último libro, y también la revista colombiana "Libros y letras".

He puesto voz y texto al espectáculo teatral 'Dónde nacen las sirenas", también con mis textos he colaborado en las exposiciones del fotógrafo

Stambolsky, y en el Festival de Navidad de Barcelona 2016, introduciendo poemas a las canciones de la cantante Niña Blood.

Tengo blog personal, nuriabarneswordpreess.com y página en Facebook, Escritora Nuria Barnes y perfil en Twiter e Instagram.

Actualmente colaboro con el blog mejicano Transeúnte, con cuentos y artículos y está a punto de salir mi primera colaboración con la revista de la editorial mexicana Hilal.

PD. Los dos primeros libros están firmados como Nuria Navarro, pero desde el tercero firmo con el apellido de mi abuela materna Nuria Barnes

ÍNDICE

Este libro se terminó de imprimir en Sevilla durante el mes de octubre de 2012

www.ingramcontent.com/pod-product-compliance
Lightning Source LLC
Chambersburg PA
CBHW080717020726
47501CB00010B/2460